MEMÓRIAS DE UMA INFÂNCIA DE SUBÚRBIO

Memórias de uma infância de subúrbio

BANGU, O BAIRRO QUE ME EMBALOU

JUBDERVAN VIANA DA COSTA

mórula
EDITORIAL

REVISÃO
Leonardo Cunha

FOTO (CAPA)
Carlos A. Vieira (Dedé)

ILUSTRAÇÕES
Filipe Pessoa de Andrade

DESIGN
Patrícia Oliveira

CIP-BRASIL. CATALOGAÇÃO NA PUBLICAÇÃO
SINDICATO NACIONAL DOS EDITORES DE LIVROS, RJ
Elaborado por Meri Gleice Rodrigues de Souza — CRB 7/6439

C873m

Costa, Jubdervan Viana da, 1955
Memórias de uma infância de subúrbio : Bangu, o bairro que me embalou / Jubdervan Viana da Costa ; ilustração Filipe Pessoa de Andrade. – 1. ed. – Rio de Janeiro : Mórula, 2022.
272p. : il. ; 21 cm.

ISBN 978-65-86464-91-7

1. Crônicas brasileiras. I. Andrade, Filipe Pessoa de. II. Título.

22-76623

CDD: 869.8
CDU: 82-94(81)

Rua Teotônio Regadas 26 sala 904
20021_360 _ Lapa _ Rio de Janeiro _ RJ
www.morula.com.br _ contato@morula.com.br
/morulaeditorial /morula_editorial

Tudo acaba. Mas o que te escrevo
continua. O que é bom, muito bom.
O melhor ainda não foi escrito.
O melhor está nas entrelinhas

CLARICE LISPECTOR

AGRADECIMENTOS

À MÃE, QUE ME DEU A MÃO até eu aprender a caminhar.

Aos irmãos, primos, sobrinhos e tios com os quais dividi sorrisos e lágrimas.

Aos amigos que comigo correram atrás de pipa, de bola, de sobrevivência e de sonhos.

Às amigas que me acariciaram e permitiram que eu as acariciasse.

À esposa Rachel e à filha Maíra, companheiras de viagem.

A todos que ontem, hoje e sempre lutam pelas coisas, pelas causas e pelas pessoas dos subúrbios e periferias, tais como: Movimento Diálogos Suburbanos; Grêmio Literário José Mauro de Vasconcelos — Museu de Bangu; Movimento pró Casa do Silveirinha — Centro de Memória e Cultura de Bangu.

Nas redes sociais: História de Bangu — A Memória de um bairro e Bangu Meu Amor

SUMÁRIO

PRÓLOGO

O que conto e porque conto

O QUE SE CONTA AQUI SÃO HISTÓRIAS de infância de subúrbio vividas nos anos 1960, em Bangu, local de muita tradição, história e cultura na cidade do Rio de Janeiro. Bairro proletário de grande densidade populacional que tinha como epicentro a Fábrica de Tecidos Bangu, propriedade da Companhia Progresso Industrial do Brasil, empresa fundada meses antes da proclamação da República, em 1889, e que encerrou suas atividades no bairro mais de um século depois, em 2004.

São memórias de acontecimentos da infância e da adolescência típicos dos subúrbios cariocas daqueles tempos, narrados a partir de um olhar e de uma vivência pessoais, mas envoltos no ambiente psicossocial, socioeconômico, político e cultural naquele tempo e lugar.

São duas as principais motivações para escrever estes textos: a primeira é aquela simpática, popular e tradicional ideia atribuída ao poeta cubano José Martí, de que a contribuição à humanidade na passagem pela vida deve incluir plantar uma árvore, ter um filho e escrever um livro. Realizadas as duas primeiras, agora se põe o gigantesco desafio de tentar complementar a tarefa.

A segunda é que há muito tempo, ao ouvir e ler a letra da música "Gente humilde", dos geniais compositores Chico Buarque e Vinícius de Moraes, comecei a refletir sobre aqueles versos sublimes. Soube que a melodia, do músico Garoto (Aníbal Augusto Sardinha), possuía uma antiga letra[1], que não chegou a ser gravada, que retratava a felicidade de um casal que vivia humildemente em um subúrbio afastado da cidade.

Já Chico e Vinícius[2] começam por dizer que "Tem certos dias em que eu penso em minha gente / E sinto assim todo o meu peito se apertar". E seguem solidários, em tom de profunda tristeza, com o que veem da vida da gente humilde do subúrbio.

Se os poetas podem olhar uma realidade e dela extrair a felicidade do amor do casal que vive em um casebre, e a noite toca e canta canções; ou podem passar de trem e se sensibilizarem a tal ponto com as dificuldades daquela

---

1 Esta primeira versão da letra é de um poeta mineiro que preferiu se manter no anonimato:
Em um subúrbio afastado da cidade vive João e a mulher com quem casou, em um casebre onde a felicidade bateu à porta foi entrando e lá ficou. E à noitinha alguém que passa pela estrada ouve ao longe o gemer de um violão, que acompanha a voz da Rita numa canção dolente. É a voz da gente humilde que é feliz.

2 Tem certos dias em que eu penso em minha gente
E sinto assim todo o meu peito se apertar
Porque parece que acontece de repente
Como um desejo de eu viver sem me notar

Igual a como quando eu passo no subúrbio
Eu muito bem, vindo de trem de algum lugar
E aí me dá uma inveja dessa gente
Que vai em frente sem nem ter com quem contar

São casas simples com cadeiras na calçada
E na fachada escrito em cima que é um lar
Pela varanda, flores tristes e baldias
Como a alegria que não tem onde encostar

E aí me dá uma tristeza no meu peito
Feito um despeito de eu não ter como lutar
E eu que não creio, peço a Deus por minha gente
É gente humilde, que vontade de chorar

gente que têm vontade de chorar, as pessoas que viveram aqueles tempos e lugares também possuem esses sentimentos antagônicos.

O que se narra são situações em que estão presentes misérias e riquezas, alegrias e tristezas, sonhos e frustrações, brigas e abraços, amores e desamores, honradez e improbidade, coragem e medo, lucidez e loucura recuperados da memória, sobre a infância e a adolescência.

É encantadora a lembrança das nossas habitações (a casa, o terreno, a calçada...) e das relações de apego e carinho que tínhamos por elas, a par de sua beleza singela de construção com parcos recursos.

Nas árvores e plantas de nossos quintais, nos jardins e varandas, havia frutos, folhas e flores densos e coloridos que nos acariciavam a alma, assim como as tristes e baldias que chamaram a atenção dos poetas.

Quando perguntam se fui feliz na infância, respondo de pronto: claro que sim, muito feliz! E também muito infeliz. E não me venham falar em contradição.

O que fez aquela geração de meninos e meninas ser tão feliz em meio a tanto sofrimento cotidiano? O que permitiu tanta alegria em meio a tantas carências materiais e muitas vezes afetiva? Como explicar a violência familiar e comunitária e ao mesmo tempo uma profunda solidariedade nesses mesmos grupos? Como justificar a espetacular sensação de liberdade em meio a culturas e práticas tão opressivas?

Poderá ser dito, com alguma razão, que tais situações também ocorreram e ocorrem em outras áreas de concentração populacional na cidade, ou fora dela, à exemplo das favelas, periferias e cidades do interior. Diria apenas que a regularidade e a intensidade é que constroem esses fenômenos considerados tipicamente suburbanos.

Desde que me tornei homem, no sentido que meu velho pai (Deus o tenha em bom lugar) atribuía ao momento que se começa a vida de trabalho, as mais intensas e delicadas lembranças são as da infância e adolescência: aquele período que vai do mais remoto momento em que a memória alcança até o primeiro dia no labor regular, remunerado e profissional. Ainda que haja continuidades, tudo se torna radicalmente diferente. O tempo livre será para sempre escasso. As responsabilidades de suprir necessidades materiais e de contribuir para o sustento da família nunca mais se afastarão. A compreensão de que o mundo é repleto de competição, desafio, esforço, incentivo, oportunidade de vitória e risco de derrota, será definitiva.

A casa e a rua daqueles tempos, ou melhor, as casas e as ruas daqueles tempos — pois além da minha moradia repleta de irmãos, a minha vida também se forjava nas casas de parentes e de amigos, assim como as ruas em que pisava, corria, chutava latas e bolas não era apenas a da minha residência — que me levavam à escola, ao campo de peladas, que atravessava correndo atrás de pipas, eram minhas casas e minhas ruas.

Viver no subúrbio da Central, como são denominados os muitos bairros cortados pela Estrada de Ferro Central do Brasil (hoje concedida à companhia SuperVia) no ramal ferroviário de Santa Cruz, era uma experiência muito intensa para pessoas de qualquer idade, naqueles anos 1960. Mas para as crianças e adolescentes eram tempos decisivos. As escolhas e decisões que tomamos em grande parte moldaram as pessoas que hoje somos.

Nem o reacionário golpe militar que se estabeleceu em 1964 poderia interromper o processo de mudança social, cultural e econômica que vivenciamos. Em alguns aspectos podemos ser piores. Em outros, melhores. Mas somos, sem dúvida, diferentes de nossos pais, da geração que nos antecedeu.

Será um relato a partir do olhar de um menino no período dos seis aos dezesseis anos de idade. Será, portanto, um relato da realidade. Mas a realidade como ele a viu, a percebeu e a sentiu. Por inevitável, haverá passagens no limite entre a recordação e a criação.

Existia preconceito de raça, de gênero, de orientação sexual e em relação a outras tantas diferenças. Mas existia também uma espécie de solidariedade suburbana, que unificava paupérrimos, pobres e classe média baixa em oposição aos "ricos" residentes em bairros nobres.

Foi um tempo de ampliação de parte da educação fundamental. Muitas escolas públicas foram abertas naqueles anos, de modo que não faltavam vagas para o curso primário (parte do Ensino Fundamental de hoje que correspondia aproximadamente às cinco primeiras séries de vida escolar). O ensino ginasial (correspondente às quatro últimas séries do Ensino Fundamental dos dias de hoje) começava a se expandir, mas ainda muito lentamente, de forma a permitir que somente alguns de nós pudéssemos dar continuidade aos estudos nesta passagem que era um gargalo terrível e que barrava a maioria.

A dificuldade de acesso aos ginásios públicos era tão grande que muitas famílias pobres aceitavam, ainda que sofridamente, a conclusão do ensino primário como um desempenho aceitável de desenvolvimento educacional de seus filhos. O concurso de admissão ao ginásio era quase um vestibular dos dias atuais. As provas eram difíceis para os alunos das escolas primárias públicas, que constituíam a esmagadora maioria, de modo que os aprovados, se tanto, representavam 1/3 dos concluintes do curso primário. Os ginásios particulares cobravam mensalidades caras para os padrões de vida médio das famílias, sendo então acessíveis a poucos e, ainda assim, na maioria dos casos, de pior qualidade que os públicos.

Essa é a moldura básica dos flashes do passado que rememoro nestes textos.

AS MAIS REMOTAS LEMBRANÇAS

Na casa da Dona Conceição nos dias de rituais umbandistas

NAQUELA MANHÃ DE SEXTA-FEIRA, em dezembro de 1961, o sol estava escaldante e o calor era infernal em Bangu, o que não era uma raridade. Minha mãe lavava as últimas peças de roupa que iria colocar para secar e depois ainda passar, para completar a trouxa que levaria até Copacabana na manhã de sábado, como acontecia toda semana.

— Mãe, deixa eu ir à casa da tia Conceição, deixa? — dizia choramingando e puxando a saia dela para atrair sua atenção.

Ela estava irritada, empurrava bruscamente a minha mão, gritava comigo dizendo para eu parar de fazer manha; para eu ir para dentro de casa, pegar um papel e lápis e desenhar; que iria me bater se eu continuasse atrapalhando seu serviço. Mas eu insistia, porque adorava ir à casa da tia Conceição, que não era tia de fato, mas a matriarca de uma família amiga da nossa havia muitos anos.

De vez em quando ela parava de esfregar a roupa, empurrava-me pelo peito com força suficiente para eu andar para trás cambaleante, mas insuficiente para eu cair no chão, seguia até a cozinha e mexia nas panelas onde cozinhava o feijão, o arroz, o angu, a carne ou outra comida qualquer. Experimentava cada alimento com a ponta da colher e em alguns colocava um pouco mais de sal, de água ou de tempero;

apagava o fogo de alguma panela, diminuía a chama de outra e depois voltava para a área descoberta do fundo da casa onde ficava o tanque de lavar roupa.

— Mãe, Katia me disse que quando o pai dela chegar hoje à tarde da fábrica eles vão na casa da tia Conceição. Vamos também mãe! Ou então deixa eu ir com eles — insistia.

— Meu filho, sua irmã já tem que carregar quatro crianças, não pode ficar te levando para tudo quanto é lugar. E você sabe que eu tenho que entregar essa roupa toda amanhã, não posso nem pensar em ir à casa da Conceição hoje. Olha, no mês que vem tem o aniversário do seu padrinho, aí eu dou um jeito e te levo — ponderou ela.

— Mas mãe, deixa eu ir com Penha, eu fico quieto, não faço bagunça não.

— Chega menino! Pare com isso ou eu te dou uma surra agora.

Saí chorando, mas ainda não me sentia completamente derrotado. A próxima tentativa era implorar para minha irmã pedir para a minha mãe que eu fosse com ela.

A casa da tia Conceição era enorme para os meus olhos de seis anos de vida. Tinha uma larga varanda em toda extensão da frente da casa. Depois uma sala ampla com poucos móveis: uma cristaleira cheia de enfeites, pratos e copos, em uma das paredes; um jogo de poltronas espalhado e uma mesinha de centro com toalhinha e jarra de flores. Do meio deste ambiente abria-se o corredor que acessava os dois quartos do lado direito e o quarto do lado esquerdo, terminando na copa-cozinha grandona onde havia, além de fogão, geladeira, pia, armários e uma grande mesa de jantar com várias cadeiras.

O que mais agradava era o clima festivo que se formava com aquele monte de gente que sempre havia na casa, mesmo quando não era festa de aniversário de ninguém. Os adultos davam muitas risadas, que pareciam ser em função de casos engraçados contados por alguns ou por gozações e pilhérias de uns sobre os outros. As crianças corriam de um lado para o outro, depois se sentavam no chão, brincavam de montar quebra-cabeça ou de pega-varetas e conversavam e rapidamente levantavam novamente para circular na casa. Às vezes até se desentendiam, e sempre aparecia um adulto para controlar o atrito. Todos comiam e bebiam fartamente: pastéis, empadas, pequenos sanduíches e bolinhos eram distribuídos acompanhados de cerveja para os adultos e refrigerante para as crianças.

Além da simpatia dos donos da casa havia um importante atrativo, especialmente às sextas-feiras, que levava aquele grande número de filhos, sobrinhos, primos e outros parentes próximos ou distantes e amigos diversos, com tanta frequência, para a casa da tia Conceição . No fundo do quintal havia um Centro Umbandista, onde muitos professavam sua fé religiosa. A casa era um ponto de encontro e de convivência de muitos que, mais tarde, iriam participar dos rituais de suas crenças no terreiro do fundo do quintal.

Minha irmã e meu cunhado não eram umbandistas, assim como dois dos quatros casais formados pelas filhas da Dona Conceição e Seu Luiz, e também o casal formado pelo filho mais velho e sua esposa, meus padrinhos Jub e Nilzinha, de modo que geralmente nos retirávamos lá pelas dez e meia da noite, horário próximo ao início dos trabalhos religiosos.

A viagem de ida e volta à casa de tia Conceição também era muito legal. Saíamos bem arrumados, seguíamos caminhando até o ponto da Rua Rio da Prata, pegávamos o ônibus da linha 918 e passávamos por lugares movimentados e interessantes: a Avenida Cônego Vasconcelos, desde o contorno do Largo da Igreja de São Sebastião e Santa Cecília, passando pela larga fachada do Bangu Atlético Clube; pelo grande número de lojas comerciais de um lado da via até próximo à estação do trem; o Largo da Paróquia Nossa Senhora da Conceição, em Realengo; a Vila Militar e sua paisagem de quartéis; Deodoro, Marechal Hermes e parte da fervilhante Madureira. Depois saltávamos e caminhávamos até a Avenida dos Italianos e, por ela, durante cerca de 15 minutos até a casa na Rua Rubi, em Rocha Miranda.

Naquelas ocasiões, em que partíamos à tardinha, ainda víamos o vaivém de pessoas saindo do trabalho, entrando e saindo de bares, pizzarias e algumas lojas abertas com forte movimento. Por isso brigávamos para sentar no banco no lado da janela. O retorno era menos excitante, porque estávamos bastante cansados das bagunças. Ainda assim, os muitos estabelecimentos comerciais com seus letreiros coloridos em neon contrastando com a noite escura fascinavam bastante. Na chegada, já lá pela meia-noite, exaustos, tomávamos banho, trocávamos de roupa e dormíamos felizes, como eram de ser, em alguns momentos, as crianças de subúrbio.

O dia a dia da mãe

NAS MANHÃS DE SÁBADO minha mãe se levantava muito cedo e eu, que dormia no colchonete improvisado com cobertor e lençol dobrados estendido no chão ao lado de sua cama, sempre acordava com o barulho. Ela saía de casa antes de amanhecer. Nessa época eu ainda não a acompanhava, pois não tinha tamanho e força para ajudá-la . Apenas assistia aquela mulher magra, de estatura mediana, com mais rugas moldadas pelo sol na pele morena clara do que se poderia esperar para uma senhora de 44 anos, levantar a trouxa e colocar na cabeça.

Pegava o ônibus até à estação de Bangu, subia a escadaria até o guichê e depois descia até a plataforma onde pegava o trem. Na Central do Brasil, como era chamada a estação terminal Pedro II, atravessava a gare e pegava, na lateral do Ministério da Guerra, um outro ônibus que a levava até Copacabana. Lá ainda caminhava duas quadras da Rua Barata Ribeiro, onde saltava, até o edifício da Rua Figueiredo de Magalhães onde morava a patroa. Entregava a roupa e começava o trabalho de limpeza da casa, de onde sairia exausta, só no final da tarde, para fazer o mesmo caminho de volta, com a trouxa de roupa suja na cabeça para a semana seguinte.

Nunca a vi reclamar. Ao contrário: dizia com uma ponta de orgulho que o dinheiro que ganhava era quase tão importante para a sustentação da casa quanto o salário do meu pai na Fábrica do Realengo. Às vezes, no retorno para casa, passava no comércio da Saara e circulava pelas ruas da Alfândega, Senhor dos Passos e Buenos Aires, principalmente no trecho entre a avenida Passos e o Campo do Santana, e comprava toalhas de mesa de plástico colorido, jogos de toalhas de banho de cores vivas e panos de prato com estampas na parte central e uma espécie de crochê nas bordas, além de outros utensílios domésticos de baixo preço.

Nessas andanças semanais nunca se alimentava na rua. Tomava café com pão e manteiga de manhã em casa, almoçava fartamente na casa da patroa e, antes de sair, ainda fazia um lanche reforçado. Chegava em casa pelas sete, oito horas da noite, a tempo de pôr o jantar, já que o almoço e os cuidados comigo e com meu pai nesses dias ficava por conta da minha irmã mais velha, que morava nos fundos da casa ao lado.

Os dias de semana eram apenas um pouco menos trabalhosos. Cuidava da casa, do pai e de seis dos oito filhos, já que minha irmã mais velha havia casado e um dos meus irmãos estudava em um colégio semi-interno, onde morava de segunda a sexta-feira.

Limpava, cozinhava, lavava roupas e cuidava das plantas do quintal. Lavava muita roupa: além das roupas da patroa e da rouparia do casal e de tantos filhos, ainda fazia um "bico" lavando os jogos de camisa e calções do time de futebol dos meus irmãos mais velhos. Mas lavar roupas era sua atividade preferida. Seu rosto parecia sereno enquanto esfregava colchas, lençóis, camisas e calças e quando as punha para quarar, as estendia no varal fixando com pregadores de madeira e ao final quando as recolhia.

Dizia que agora era muito fácil lavar roupa, pois a água jorrava diretamente da bica do tanque, "uma beleza!". Há poucos anos não havia água encanada na nossa rua e na maioria das ruas da localidade. Meus irmãos pegavam água na bica da Rua Banguense, quase em frente a banca de peixe do Seu Pedro. Às vezes esperavam longo tempo numa grande fila de moradores das redondezas antes de encher e rolar o barril até nossa casa. Agora não! Não precisava ficar racionando a água balde a balde e a roupa ficava muito mais limpa, dizia minha mãe.

O seu trabalho era sua terapia. Ao longo do dia nunca ficava parada. Na hora do almoço, primeiro servia a comida a quem estivesse sentado à mesa, depois servia seu prato, almoçava rapidamente e logo que acabava pegava as louças para lavar, ajeitava a mesa e partia para outras atividades.

Só nas noites quentes de verão dava-se a uma forma de lazer bem típico daquelas bandas do subúrbio. Levava cadeiras para a calçada da rua e com minhas irmãs mais velha e mais nova — que a essa hora já tinha chegado do trabalho — e eventualmente com outras pessoas, sentava-se e conversava por algumas horas. As conversas eram alimentadas também por pessoas conhecidas que, ao passar, paravam e trocavam prosas, algumas vezes por poucos minutos, outras por um bom tempo.

Também havia mulheres que iam acompanhadas dos filhos para esses encontros pois era comum, nesses mesmos dias e horários, que seus maridos jogavam a tradicional sueca, geralmente jogadas na casa do meu cunhado Adauto, regado a vinho gelado de garrafão e acompanhado de algum petisco disponível na casa do anfitrião ou levado por algum jogador. O jogo era animado. As duplas eram formadas ao acaso, através dos que retiravam na primeira sequência cartas do mesmo naipe. Esse mecanismo de formação de parceiros e adversários buscava garantir que não se criassem duplas permanentes de jogadores fortes e duplas de jogadores fracos e para que as parcerias no jogo não incentivassem o fortalecimento ou enfraquecimento de amizades.

Eu, às vezes, ia até a sala da casa da minha irmã para espiar o jogo, mas logo alguém perguntava: "o que você quer menino? Esse jogo é de homem, vai lá pra fora brincar perto da sua mãe". Eu gostava de ver o papo descontraído daqueles senhores que, mesmo sem perder a atenção nas cartas, sobretudo depois de alguns copos de vinho tinto, faziam graça e sorriam uns dos outros. Mas o que eu queria mesmo era tentar me aproximar do Seu Maneco. Ele era o pai da Verinha, meu sonho de amor naquele momento.

As crianças, a depender da idade, ficavam no colo, caminhando pelas calçadas ou sentadas no meio-fio de paralelepípedos que fazia a borda da rua. Os meninos, na faixa de dez anos ou mais, brincavam de pique usando boa parte do quarteirão da rua, ou sentavam em rodinhas para diferentes papos. As meninas dessa idade, depois de desenhar e numerar os retângulos, pulavam amarelinha, ou se reuniam à beira do portão.

Havia poucas brincadeiras que juntavam meninos e meninas prestes a chegar ou recém-chegados na adolescência: a mais cobiçada era a brincadeira de pera, uva ou maçã. Nessa brincadeira, algumas vezes combinei com a prima Sônia, que geralmente fazia o papel de mediadora naquele divertimento, para quando eu estivesse escolhendo a pessoa com os olhos vendados, ela perguntasse "é essa?" pela quarta vez, eu estaria apontando para a Verinha. Eu então diria "é!". Quando ela perguntasse o que eu queria, se pera, uva, maçã ou salada de frutas? Naturalmente eu diria "salada de frutas!". Era muito raro a Dona Alcina, nossa costureira e mãe da linda Verinha, aparecer nesses bate-papos, de modo que não dava para eu contar apenas com a sorte para poder apertar a mão, abraçar e beijar (no rosto) a minha primeira paixão de infância, como era a regra do jogo ao se pedir salada de frutas.

Assim era o dia a dia da minha mãe.

VIDA E CORAÇÃO DE ESTUDANTE

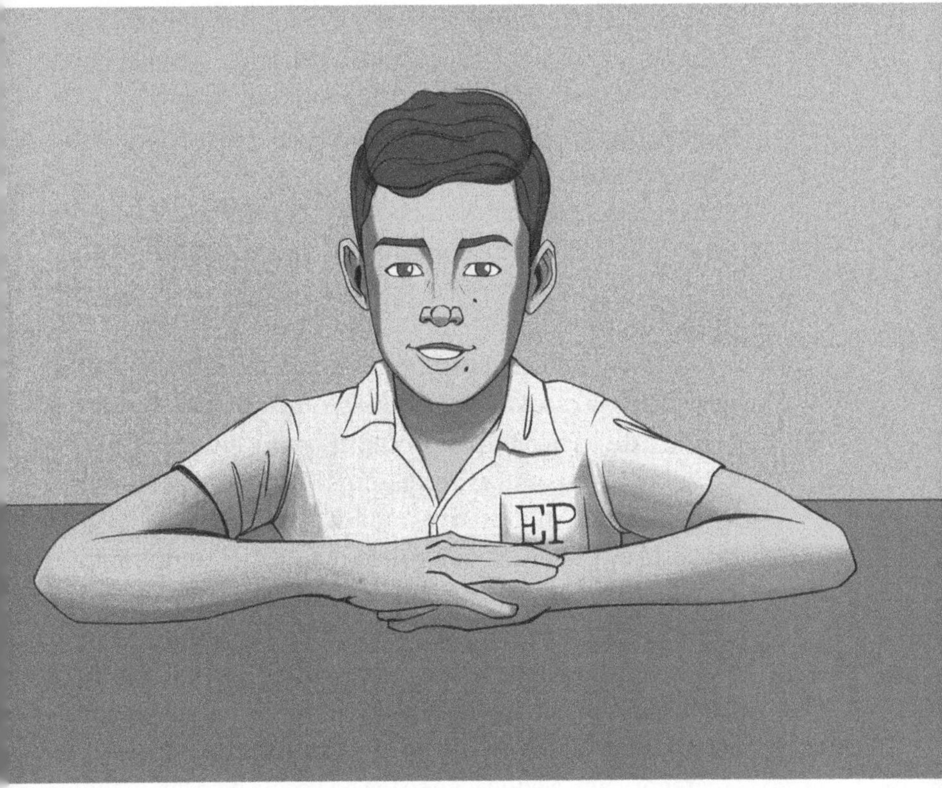

Os primeiros dias na escola

CERTA VEZ O FACEBOOK PERGUNTOU, para todos os perfis, qual a sua foto predileta? Não tinha a menor intenção de compartilhar, mas imediatamente lembrei da minha primeira fotografia na escola. Era uma foto tradicional: sentado numa carteira escolar, ao fundo um mapa-múndi. Braços comportadamente descansando sobre a mesa, o sorriso suave e o brilho nos olhos da indisfarçável alegria de quem estava começando a descobrir um novo mundo. Não sei se era sempre assim, mas na escola Waldir Azevedo Franco, onde comecei o curso primário, a foto era tirada nos primeiros dias do ano letivo.

Antes, porém, houve o momento solene do primeiro dia que entrei na escola, o dia da apresentação da equipe educacional e de apoio aos pais, responsáveis e alunos. Estavam presentes a diretora, as professoras, o inspetor, as serventes e merendeiras, muitas mães e todos os alunos daquele turno no pátio da escola. Naquele dia ainda não formávamos fila nem ouvíamos nem cantávamos o hino nacional. A diretora à frente e as professoras em grupo, logo a seguir, circulavam por entre as muitas mães, raríssimos pais, ainda mais raros irmãos mais velhos e os numerosos filhos/alunos, cumprimentando e sendo cumprimentadas, falando frases curtas e categóricas: "a educação se faz na escola e no lar"; "cuidar dos estudos dos filhos é o melhor presente que se pode dar a eles"; "é preciso fazer os deveres de casa todos os dias".

As mães ouviam com atenção e reverência. Poucas ousavam dizer algo e, quando falavam, geralmente era para fortalecer a autoridade das professoras: "se o Sérgio não prestar atenção, pode colocar ele de castigo"; "se o Pedro responder a senhora, fala comigo que dou uma surra nele".

As professoras eram todas bonitas; com pintura no rosto, cabelos bem penteados, vestidos, calças, saias e blusas bem passadas e de tecido bom. Eram simpáticas, sorriam para as mães e passavam carinhosamente a mão nas nossas cabeças. Algumas perguntavam o nosso nome e depois diziam: "sou a tia Clara, talvez eu seja a sua professora, vamos ficar muito amigos"; "sou a tia Jussara, vamos fazer muita coisa juntos, vamos desenhar, pintar, conhecer as letras e os números".

Eu estava completamente absorvido por aquele ritual. Embora já tivesse visto o gramado ralo no meio das duas alas da escola e pensado nas peladas e piques que brincaríamos ali e olhado para as pipas acima do telhado que, certamente, cairiam na escola, pouco larguei a mão da minha mãe e em nenhum momento me afastei dela. Tinha medo daquela mulher que andava na frente brigar comigo ou, pior ainda, reclamar com a minha mãe.

Depois de pouco mais de uma hora naquele ambiente, que me pareceu um pouco desorganizado porque não havia cadeiras para a gente sentar nem um palco onde a diretora pudesse se apresentar e apresentar as professoras, mas absolutamente ordeiro e respeitoso, a dirigente e seu estafe encostou em uma das paredes do pátio e, de frente para o público, falou, em alto e bom som, para que todos ouvissem:

— Queridas mamães, papais e responsáveis por esses amados alunos. Nossa missão é ajudar essas crianças a aprender a ler, a escrever e a contar. Contribuir na educação para que sejam pessoas melhores para si mesmas, para suas famílias e para toda a sociedade. Mas essa tarefa não é só da escola e dos professores, é também dos pais, dos parentes mais velhos e de todos os que querem o bem desses meninos e meninas. Todos nós que trabalhamos aqui na escola faremos o melhor que pudermos para o bem de nossos alunos e estaremos, sempre, à disposição para resolver qualquer problema.

E finalizou:

— Amanhã, às sete horas da manhã, tragam as crianças uniformizadas, com suas pastinhas com caderno, lápis, borracha e estojo de lápis de cor; tudo direitinho. Agora, vão com Deus!

No dia seguinte minha mãe me acompanhou até a esquina da Rua dos Limadores com a Rua Quiruá, depois chamada Rua dos Banguenses, apontou na direção norte e me deu várias orientações:

— Segue sempre por esse lado da calçada, com todo cuidado ao atravessar as ruas. Sua escola é na Rua dos Estampadores. Você vai passar pela Rua Amanajó, pela Rua Cobé, pela Boiobí, pela Sibéria, pela Francisco Leal e a próxima rua é a da sua escola; seja obediente com a sua professora e faça os trabalhos bem-feitos; seja amigo dos seus coleguinhas, não vai brigar com ninguém; preste atenção na aula.

— Eu sei onde é, mãe, eu já joguei bola lá no campo do Fazenda, que é do outro lado da escola. Eu sei me comportar, não vou brigar com ninguém nem fazer bagunça, pode deixar. Benção, mãe.

— Deus te abençoe, meu filho.

Caminhei, quase correndo, com meu uniforme todo novinho por aquelas ruas, em sua maioria de nomes indígenas, algo que só mais tarde tomaria consciência: sapato alpargatas preto, meias brancas até o meio da canela, calça de linho azul anil até a altura dos joelhos e camisa branca com a inscrição EP, de Escola Pública, no bolso do lado esquerdo do peito.

Logo que atravessei a Rua Sibéria, de uma casa a poucos metros à frente e à esquerda, abriu-se um portão e por ele passaram uma menina e uma jovem senhora de mãos dadas. A menina levada pela mãe era a Maria Conceição, que viria a ser a minha primeira colega na escola. Era morena clara, tinha um rostinho angelical e usava um uniforme todo engomado, cabelos com tranças separadas para cada lado da cabeça, presas por laços de fitas azuis.

Os momentos que antecederam o primeiro dia de aula foram de muita excitação, uma expectativa ansiosa e preocupada por conhecer a professora: ela é simpática ou vai brigar muito comigo? E os colegas, são legais ou são chatos? E as tarefas, vão ser fáceis ou eu não vou conseguir fazê-las? E as brincadeiras no recreio, será que vai ter bola para jogar pelada? Vai ter pique? Vão deixar soltar pipa?

Na entrada do pátio central, logo após o portão principal, o inspetor e uma assistente da diretora recepcionavam os alunos e perguntavam o nosso nome, consultavam uma lista e nos encaminhavam pelas mãos até uma fila que correspondia a nossa turma. Depois a professora da classe nos levou até a sala de aula

Tudo era muito novo. Olhei mais atentamente para os meninos e meninas que entravam do que para a professora ou para a sala de aula, com seus murais nas paredes laterais, quadro negro na parede central e carteiras e cadeiras de madeira por toda sala. Não conhecia nenhum amiguinho, exceto a Maria Conceição, que havia avistado meia hora antes a duas quadras da escola. Ela, talvez, nem tenha me visto na rua. Provavelmente nem tenha prestado atenção a minha chegada naqueles primeiros minutos de educação formal de nossas vidas. Ainda assim eu já tinha alguém com quem compartilhar o deslumbramento daqueles primeiros momentos como aluno. Quanto a ela, acho que jamais teve esse sentimento, mas me aceitou como um coleguinha mais próximo.

Dias depois fomos levados para uma sala menor, com poucas carteiras, um de cada vez, para tiramos a foto escolar. Esta é, até hoje, a minha foto preferida, a que me vejo mais autenticamente feliz e a que me inspira um certo sentimento de confiança e de esperança.

Mudando de Escola

DEPOIS DE DOIS ANOS NA WALDIR, fui transferido para a O'Higgins, escola recém-construída e inaugurada a cerca de duzentos metros do portão da minha casa, onde antes havia o campo do Pratense. A mudança foi decisão da minha mãe e o motivo alegado é que seria melhor estudar quase ao lado de casa do que a seis quadras de distância. Eu de início não fiquei muito contente. Minha primeira escola era de um só piso, em três alas formando um U, onde na parte interna havia um amplo espaço de terra e grama onde se podia correr e brincar em área livre e descoberta. Nas alas laterais, ficavam as salas de aula, de portas frontais para o grande hall coberto por telhado sustentado por madeira sobre pilotis. Na parte dos fundos ficavam o refeitório, a sala da diretora e os outros espaços de administração da escola. A área total plana parecia se aproximar a 2/3 da área de um campo de futebol tradicional.

A nova escola era de arquitetura completamente diferente: um prédio de dois pavimentos, circundado por um muro que praticamente não disponibilizava chão de terra para recreação. No primeiro pavimento havia o enorme pátio, o espaçoso refeitório, as salas da diretora e dos professores e os banheiros. As salas de aula ficavam no segundo piso, acessível por meio de uma larga rampa de duas seções. Fora do horário de aula, quase tudo acontecia no pátio coberto, inclusive as cerimônias rotineiras, como enfileirar-se para cantar o hino nacional, uma vez por semana, e as cerimônias especiais, como na data de aniversário de morte do homem que dá nome à escola, o herói chileno Bernardo O'Higgins.

O evento anual de comemoração do aniversário de sua morte era uma festa particularmente importante. Compareciam representantes da coordenação regional e da Secretaria de Educação do Estado da Guanabara e, com muita frequência, se não um representante da embaixada, o próprio embaixador do Chile no Brasil. Todos os alunos, de todas as turmas, eram postos enfileirados para as cerimônias de hasteamento da bandeira e execução do hino nacional. Seguiam-se alguns breves discursos, finalizado pelo representante do país do homenageado que sempre oferecia benefícios à escola, como pequenas obras, equipamentos e materiais úteis.

Também regularmente a autoridade chilena oferecia o valor de um salário mínimo, em forma de caderneta de poupança, a um aluno sorteado, dinheiro que só poderia ser movimentado quando o contemplado completasse dezoito anos.

Em um dos primeiros anos naquela escola que eu chamava de caixotão, por seu formato retangular e por sua altitude, incomodava-me também o fato da minha prima Sônia ser um absoluto destaque nas atividades da escola, enquanto eu era o próprio conceito de aluno mediano: não recebia nenhum elogio ou comenda, mas também não era repreendido por maus feitos. Ela aprendia tudo que era ensinado com muita facilidade e tirava notas espetaculares. Era amiga e ajudante da professora. Nos eventos da escola, com luvas brancas, carregava a bandeira dobrada até próximo do mastro onde seria erguida, cumprimentava e era cumprimentada representando os alunos, lia pequenas mensagens de agradecimento às autoridades presentes.

Ela era um sucesso e, ao contrário do que possa parecer, eu gostava muito dela. Havia orgulho, mas não havia soberba na sua conduta. Ela era muita minha amiga e eu não podia culpá-la por sua competência, por mais que me incomodasse as recorrentes falas da minha mãe dizendo: "olha que beleza a sua prima, a melhor nota da escola". Ou "você viu, o presidente O'Higgins bateu muitas palmas para ela", referindo-se ao embaixador chileno.

Houve um ano, ali pela terceira ou quarta série, que estudamos na mesma turma. Como sempre, ela brilhava no dia a dia e nos eventos especiais na escola. Naquele ano o dia do patrono da escola aconteceu com todas as habituais pompas e circunstâncias e, ao final, houve o sorteio da caderneta de poupança. O embaixador enfiou a mão no saco que a diretora segurava e retirou de lá o meu nome, que foi lido alto ao microfone, e me chamou para receber o documento representativo do prêmio. Fui até o local onde se encontrava o representante da nação amiga e recebi um afetuoso abraço e uma carta da embaixada. Era muito novinho, tinha apenas oito ou nove anos de idade. Fiquei muito feliz, mas já tinha discernimento para reconhecer que foi um momento de mera sorte. Apesar disso, resolvi brincar com a minha mãe: "a senhora viu o presidente me abraçando?".

Admissão ao ginásio. E agora, José?

NA O'HIGGINS FIZ TODO O CURSO PRIMÁRIO e na quinta e última série preparei-me para o concurso de admissão ao ginásio. Em meados dos anos 1960 a passagem do curso primário para o curso ginasial era uma barreira difícil de ultrapassar para grande parte dos estudantes. É que nos anos imediatamente anteriores foram criadas muitas escolas primárias na região, de modo que não faltava vaga para o acesso ao ensino gratuito no primeiro nível educacional. Já os ginásios públicos eram poucos, com reduzido número de vagas para oferecer ao volume crescente de alunos decorrentes do aumento da população e das escolas primárias.

Muitos colegas pararam de estudar ao encerrar o curso primário por não conseguir entrar para os poucos ginásios públicos existentes, mesmo bem avaliados no primeiro ciclo. Vários pais e membros adultos da família aceitavam, ainda que sofridamente, a conclusão do curso primário como desempenho educacional aceitável para seus filhos, irmãos mais novos, sobrinhos e netos. Havia ginásios particulares mas poucas famílias tinham condições de bancar as mensalidades que, mesmo quando razoáveis em termos absolutos, eram valores proibitivos para os minguados orçamentos da maioria das famílias da região.

Frequentemente, por um ou dois anos, tentava-se manter o adolescente em escola particular enquanto se buscava colocação em ginásio público. Foi o que aconteceu com meus irmãos imediatamente mais velhos. O primeiro, Beto, cursou a série inicial no Colégio Rio da Prata, junto com o primo Jorge, até que no ano seguinte conseguiu uma concorrida vaga no Curso de Torneiro Mecânico, oferecida pela Fábrica do Realengo, com estudo em tempo integral que abrangia os ensinamentos técnico-profissionais e as disciplinas próprias dos cursos ginasiais.

O segundo, Carlos, matriculou-se no primeiro ano letivo no Colégio Leopoldina da Silveira, mas já no ano seguinte conseguiu ingressar no prestigiado Colégio Daltro Santos, por meio de processo seletivo para o preenchimento das poucas vagas abertas para a segunda série do curso ginasial.

O primo Jorge ingressou no recém-inaugurado Colégio Hernani Cardoso que, a par de ser localizado no distante bairro de Santa Cruz, era uma escola pública, gratuita e de qualidade superior à que frequentou no primeiro ano letivo do curso ginasial.

Havia evidências de que, para muitos, boa parte do sucesso ou fracasso na vida escolar seria decidida no momento de admissão ao ginásio, ali no ano de conclusão do curso primário ou, no máximo, no ano seguinte, para quem conseguisse pagar um curso preparatório ao concurso de admissão. Nos limites geográficos de Bangu havia à época uma única unidade pública de ensino oferecendo o curso ginasial, o Colégio Estadual Professor Daltro Santos, uma escola tradicional na região e que gozava de bom conceito. A rede privada, por sua vez, era formada pelos Colégios Leopoldina da Silveira, São Jorge, Rio da Prata, Ferreira Alves e Padre Euzébio.

O Daltro Santos, considerada por alguns uma escola grande, funcionava nos turnos da manhã, da tarde e da noite (este último apenas para o científico), tinha alunos nas quatro séries do ensino ginasial e nas três séries do curso científico (atual Ensino Médio) abria, anualmente, vagas para não mais que quatro turmas de primeiro ano, menos de duzentos alunos, uma gota no oceano de meninos e meninas que concluíam o curso primário nas escolas do bairro a cada ano.

O final do ano de 1966, aos onze anos, foi o meu momento de enfrentamento deste difícil obstáculo. Até poderia arrefecer minha ansiedade e reconhecer que era o caçula temporão de uma família de oito filhos, em que o irmão imediatamente mais velho já estava com dezesseis anos, o seguinte com dezoito, servindo ao Exército e os outros já trabalhando regularmente e que, dessa forma, se fosse necessário, a família faria um esforço para pagar uma escola particular para eu estudar no ginásio, pelo menos por uns tempos. Gostava de pensar que a situação financeira do grupo familiar, naquele momento, poderia ser sintetizada na frase: as vacas ainda eram magras, mas de suas tetas saiam um pouco mais de leite. Mas não era assim que a minha cabeça funcionava. Primeiro eu precisava daquela vitória difícil para conquistar a autoestima capaz de me impulsionar com ímpeto em projeto ambicioso de desenvolvimento estudantil. Em segundo lugar, a melhoria das condições econômicas da família não era tão estável, embora quando os mais velhos começavam a trabalhar passavam a contribuir financeiramente para a família, conforme regra estabelecida pelo pai e o sistema de gestão do orçamento familiar a cargo da mãe, o que provocava um alívio nas contas.

Contudo, com frequência o membro adulto logo se casava e sua bem-vinda contribuição cessava. Foi assim com Penha, a minha bela irmã mais velha, que logo ao completar dezoito anos se empregou na Casa Sloper, conceituada loja de moda feminina. Ela era muito generosa e, além da contribuição obrigatória direto nas mãos da mãe, aos irmãos menores presenteava com roupas, dinheiro para a entrada de cinema e até, vez ou outra, uns trocadinhos para comprar doce na padaria. Mas aos vinte anos se casou e, dando curso à lamentável tradição cultural da época e da região, largou o emprego e se tornou dona de casa, dedicando-se ao marido e, logo, aos sucessivos filhos que ganhava em intervalos regulares de pouco mais de um ano.

Foi assim também com Tivinho, o irmão mais velho, que depois de passar dos quatorze aos dezessete anos trabalhando numa padaria, desligou-se para prestar o serviço militar obrigatório. No retorno à vida civil empregou-se em uma grande concessionária de automóveis onde aprendeu e se profissionalizou como eletricista de automóveis, função que lhe permitiu um mediano e sustentável padrão salarial. Neste período logo transformou seu namoro em noivado e, em menos de um par de anos, em casamento.

Foi assim também com Adilson, terceiro dos oito filhos criados e o segundo entre os homens, que se alistou no Exército na virada da maioridade e durante o serviço militar prestou concurso para sargento. Aprovado, passou dois anos no curso de formação na cidade de Resende, no Sul do Estado, e já nas poucas visitas que fazia à família nos períodos de férias e recesso do curso, entabulava com sua namorada os preparativos para o casamento após a formatura.

Mais uma vez aconteceu, agora com Lula, o terceiro mais velho dos filhos homens. Após trabalhar desde os quatorze anos na Fábrica Bangu, aos dezessete foi aprovado em concurso da Polícia Militar e, tornando-se policial e alcançando uma estabilidade financeira básica, logo se amasiou com uma mulher mais velha com quem foi morar e constituir família.

Então não podia me deixar iludir: o mínimo de segurança que precisava para avançar nos estudos era, naquele momento, ser aprovado no concurso de admissão e me matricular num ginásio público. Para tanto contei com a santa ajuda de duas mulheres espetaculares, a minha mãe e a Dona Célia, esta professora da última série do curso primário na Escola O'Higgins. As duas organizaram um sistema de reforço de estudos para o concurso de admissão, onde a generosa professora gratuitamente duplicava seu turno de trabalho dando aulas à tarde, na copa da minha casa, para um grupo de oito a dez colegas ansiosos por conseguir um lugar ao sol naquele momento crítico da vida escolar. Minha mãe oferecia a infraestrutura de mesa e cadeiras e um lanche no meio da jornada de estudos.

O resultado dessa empreitada foi muito bom, dois terços de nós conseguiram entrar no curso ginasial em colégio público, o dobro da expectativa normal de resultado. A par disto, uma derrota muito sentida, a prima Sônia, aluna de primeira, dedicada e inteligente, talvez por nervosismo no dia da prova, não logrou conquistar uma vaga naquele momento.

O dia que tomei conhecimento da minha aprovação foi muito especial. Com a minha mãe ao lado, procurava nas listagens em ordem alfabética afixadas no mural no pátio do colégio quando avistei a linha do meu nome e nas três colunas seguintes, respectivamente, as notas em Matemática (7)e Português (6) e Resultado (Aprovado). Minha mãe sabia ler e escrever, mas por temer ser traída por aquelas folhas datilografadas com tantos nomes e números próximos, mandou que eu lesse de novo acompanhando com o dedo a linha do meu nome.

Após a confirmação minha mãe, sempre tão discreta nas demonstrações de contentamento, curvou-se ligeiramente e me abraçou com força e longamente. Fiquei felicíssimo.

Em primeiro lugar, por óbvio, por vencer em momento tão importante, mas também por ter dado alegria àquela boa mulher. Quando satisfeita com as minhas ações ela dizia para mim: "venha cá, meu filho!" e, ao me aproximar do seu corpo, ela me enlaçava o pescoço, beijava minha cabeça e rapidamente completava: "agora vai tomar banho" ou "agora vai estudar" ou ainda "agora vai dormir". Então, aquele abraço tão duradouro me deu uma alegria imensa. Mas como era do seu estilo, ao me soltar falou: "você agora já tá no ginásio, já é um rapaz, não pode mais ficar o dia todo na rua", e complementou: "estuda bastante, tá bom meu filho? Isso que é importante para você e deixa sua mãe feliz".

Saímos da escola de mãos dadas, mas logo me desvencilhei e fomos caminhando conversando pelas ruas de Senador Camará e depois do nosso bairro, enquanto eu olhava para as pipas no céu, as pessoas ao nosso redor e as calçadas e objetos no chão. Eu a enchi de perguntas sobre o meu futuro novo uniforme. A senhora vai comprar pronto ou vai pedir para a Dona Alcina costurar para nós? A Senhora sabe, né? Tem que ser calça comprida de tergal azul marinho e blusa de poliéster marrom claro. Tem que comprar o símbolo com o nome da escola para pregar na camisa, não é bordado não. Ela ouvia tudo, mas não se dava ao trabalho de responder. Afinal, teríamos praticamente três meses para resolver essas coisas até o início das aulas em março do ano seguinte.

As mudanças entre o curso primário e o curso ginasial foram muito grandes, o que não ocorreu tão intensamente na passagem para o curso científico (Ensino Médio). Tem-se a clara sensação de que se saiu da infância para a adolescência. E não é só pelo uniforme, por deixar a calça curta e vestir a comprida, por deixar as vestimentas descontraídas e colocar um conjunto mais formal, mais elegante e de estilo adulto. As transformações mais sentidas estão nas exigências comportamentais.

Naquela época, no primário, éramos vigiados o tempo todo. Se, por exemplo, saíssemos fora de uma fila obrigatória, alguém nos puxaria de volta para o local devido, mesmo que fosse à base de beliscões no braço. No ginásio éramos postos diante de um conjunto de regras que caberia assimilar e respeitar. A carteirinha da escola, primeiro documento de identificação e de controle de presença sob a minha responsabilidade, deveria ser entregue diariamente na portaria de entrada até o exato minuto em que tocava o sinal para o início das aulas. Até quinze minutos depois era possível entrar na escola, mas ao invés do carimbo azul de presente, na linha do dia, receberíamos o carimbo vermelho de atrasado. Demora maior nos faria voltar para casa e perder todas as aulas daquele dia, a menos que inventássemos catástrofes pessoais ou familiares para justificar o atraso, malandragem inviável de se aplicar mais que uma ou duas vezes por mês.

Deixamos de ter uma professora e passamos a ter sete: Português, Matemática, Ciências, História, Geografia, Educação Física e, lá no Thomé, Artes Industriais, que era um aprendizado de carpintaria, num galpão no fundo da escola, usando máquinas e ferramentas para fazer móveis e utensílios domésticos de madeira. A esmagadora maioria dos professores era simpática e agradável, mas aquela relação de extrema proximidade com a tia ficou para trás.

Foi um período escolar fabuloso: muitos amigos e nenhum inimigo que merecesse esse nome. No máximo um ou outro desafeto. Desempenho nas notas entre regular e bom, com poucos momentos de estresse na hora da entrega de resultados no final do ano letivo. Mais alegrias que frustrações nos esportes. Na vida amorosa, pesados investimentos resultaram em minguados retornos, mas eu soube compensar o déficit fora da escola. Estudei no Thomé de Souza os três primeiros anos do curso ginasial, no quarto me transferi para o Colégio Professor Daltro Santos, pois esta escola só garantia acesso automático ao curso científico (Ensino Médio) aos alunos egressos do seu próprio curso ginasial.

Curso científico, uma nova onda

ASSIM COMO A PASSAGEM DO PRIMÁRIO para o ginásio representou a saída da infância para a adolescência, a passagem do ginásio para o científico (Ensino Médio) quase representou a entrada na maturidade. Não se quer dizer, com isso, que o menino de quinze anos de repente se tornou plenamente consciente das responsabilidades próprias da idade adulta. Mas significa uma certa mudança de perspectiva. Uma coisa marcante para mim foi deixar de viver somente o dia a dia, e passar a ter, mais frequentemente, um pensamento sobre o futuro. A tradicional pergunta feita desde a primeira infância por parentes e amigos da família "o que você quer ser quando crescer?" não podia mais receber uma resposta romântica e displicente como "quero ser médico, professor ou engenheiro". Agora, para cada resposta imaginada há que se perguntar e responder previamente: "eu tenho o perfil adequado para essa atividade? Eu tenho capacidade e competência para ingressar nessa carreira? Essa profissão oferece boas perspectivas de conseguir emprego e remuneração adequada?".

No primeiro ano do científico minha vida deu uma guinada, pois no mês de agosto minha família se transferiu para o bairro da Glória, mudança planejada e anunciada dois meses antes. Como não havia condições de mudar de escola no segundo semestre do ano letivo, fiquei morando na casa da minha tia de segunda a sexta-feira, deslocando para a residência dos meus pais nos fins de semana. Fui tratado a pão de ló pela muito querida tia Alaíde, seja no trato pessoal, seja no cuidado com a alimentação e as roupas, mas era um ano marcadamente complicado na minha vida e foi coroado com mais um evento adverso: fui implacavelmente reprovado no colégio. Não fui sequer para a chamada "segunda época", uma nova chance de aprovação para alunos que não alcançam a nota mínima em, no máximo, duas disciplinas. Pela primeira vez em todo o histórico escolar, senti o amargo de jogar pelo ralo um ano inteiro de estudos.

DESEMPENHO ESCOLAR, A EUROPA E OS LIVROS

A professora de história que conheceu a Europa

EU ERA UM ALUNO MEDIANO, daqueles que estudam só para passar de ano, embora minha mãe, alguns dos meus irmãos e umas poucas pessoas próximas pensassem que eu era um bom aluno. É certo que não faltava à escola — aquela loucura de matar aula com Aldemir para passar a tarde jogando futebol foi só na segunda série do ginásio, no tempo do Thomé de Souza, e quase me custou o ano letivo —, acompanhava as aulas com atenção e fazia os exercícios com zelo. Entretanto, como era padrão dos meninos de subúrbio, fora do horário escolar me ocupava das brincadeiras na rua, principalmente soltar pipa e jogar bola. Nos últimos anos do ginásio, melhorou um pouco meu desempenho escolar. Vários fatores foram responsáveis por isso: no plano pessoal alcançava os quatorze, quinze anos de idade, e algumas brincadeiras de rua passaram a ser pouco frequentes ou até foram encerradas, como pique, bola de gude, rodar pião — pipa, uma paixão, ficou mais restrita ao período de férias e até as peladas deixaram de ser diárias e passaram a ser duas vezes na semana, além de sábado e domingo, é claro.

Mas houve também razões externas que mexeram com a minha cabeça. Um dia a Dona Dalva, professora de história lá do Daltro Santos, dinâmica e simpática como ninguém, resolveu começar a aula apresentando uns slides de Roma. Aparentemente o tema estava fora do programa, pois não estávamos estudando história antiga naqueles dias. Contudo, estava sendo muito legal ver aquelas imagens do Coliseu, do Panteão, das ruínas da Roma Antiga, do Castelo Sant'Angelo, da Praça de São Pedro e do Vaticano, da Fontana di Trevi e de tantos outros lugares incríveis. Só lá pela quarta ou quinta imagem é que me dei conta de que aquelas fotos não eram de arquivo público, biblioteca ou coisas do gênero. Nelas estava aquela figura sorridente e meio sapeca, minha adorável professora Dona Dalva.

De súbito fiquei entusiasmado e passei a acompanhar a apresentação com enorme interesse. É que, na minha cabeça de adolescente pobre de subúrbio, visitar outro país era coisa quase impossível, improvável de acontecer com pessoas com as quais eu tinha contato, ainda mais um país europeu, que era preciso atravessar o imenso Oceano Atlântico. Mesmo sabendo que meu tio Joãozinho tinha estado naquele mesmo país, era algo muito impactante. Meu tio foi lá na época da Segunda Guerra Mundial, num navio da marinha americana que transportou os soldados da Força Expedicionária Brasileira até Nápoles, para depois enfrentar a batalha de Monte Castelo. Era diferente. Minha professora não. Ela estava a passeio ou pesquisando. Possivelmente foi de avião com parentes, amigos ou colegas de estudos ao velho continente cheio de histórias.

Minha imaginação voou. As façanhas do poderoso Império Romano, cujo apogeu dista pelo menos dois mil anos, agora parecem mais próximas pois, no cenário que sobreviveu ao tempo, está a minha adorável professora, tirando a maior onda, em frente ao Coliseu. Para além de ampliar meu interesse pela disciplina, aquela aula me fez começar a pensar sob um novo ângulo, o de que precisaria estudar bastante para poder me graduar e conseguir um bom emprego. Agora a necessidade de ir bem nos estudos não era só para conquistar bens materiais: ter uma casa legal, um carro, uma grana que permitisse vestir-me bem e ter certo conforto. Era também para poder viajar a outros países: ir a Roma, como a Dona Dalva; ir a Paris, a cidade mais encantadora do mundo, segundo eu ouvia falar; quem sabe até ir a Londres e Nova York. Sem dúvidas, aquela era uma aula muito motivadora.

Se já gostava dos passeios e pequenas viagens que fazia em família, como ir aos raros casamentos de parentes nas cidades vizinhas de Itaocara e Aperibé, no noroeste do estado do Rio de Janeiro, cidades natais da minha mãe e do meu pai, a quase trezentos quilômetros de distância; ou as mini excursões que a prima Regina promovia para a Ilha de Paquetá quando nas primeiras horas do dia pegávamos ônibus e barca e, à tarde, barca e ônibus, chegando em casa altas horas da noite, exaustos mas felizes, mesmo tendo gasto metade do tempo no transporte de ida e volta e somente umas poucas horas tomando banho ou andando de bicicleta na deliciosa Praia da Moreninha; ou nas excursões — essas mais organizadas, com ônibus fretado e locais e horários previamente definidos para lanches e refeições — às estâncias hidrominerais de Caxambu e São Lourenço, em Minas Gerais; ou nos finais de semana e feriadões de verão, em que pegávamos o trem elétrico até Santa Cruz e de lá o trem "maria fumaça", também conhecido como "macaquinho", até a Praia da Ribeira, bem próximo da cidade de Mangaratiba, para passar uns dias na casa de veraneio da tia Conceição.

Viajar para bem perto ou para lugares um pouco mais longe já era bem agradável naquela época. Mas agora, depois da aula da Dona Dalva, o menino sonhava em voar alto, ou melhor, voar para bem longe.

Português através de textos

NÃO ERA UM ALUNO EXCEPCIONAL em nenhuma disciplina, mas me dedicava mais ao português e à matemática, pela simples e definitiva razão de que, quase todo ano, eram as matérias que mais reprovavam. O estudo da matemática era um pouco menos sofrido: quando me concentrava, revia as anotações do caderno, consultava os livros e conseguia resolver boa parte das questões, mesmo daquelas equações complicadas.

No estudo da língua portuguesa penava um bocado em todas as áreas da gramática. Mas em um certo ano letivo a professora adotou um livro chamado "Português através de textos". Para cada tópico da matéria havia um texto introdutório, de duas a quatro páginas, com trechos de um capítulo de livro de importante escritor brasileiro. A professora adotou uma metodologia simples, mas muito eficiente: ela dava alguns minutos para a leitura do texto. A seguir, formulava algumas questões sobre interpretação e de novo fornecia alguns minutos a mais para respondermos no caderno. Na sequência corrigia as questões perguntando a um aluno qual a resposta que ele havia dado, submetia então essa resposta aos demais indagando se estava certa ou errada e o porquê. A aula muitas vezes ficava tão empolgante que praticamente nem dava tempo para a Dona Marli dar início às matérias de gramática.

Houve um dia que o texto utilizado foi um trecho do livro "Capitães da Areia", do Jorge Amado. No exercício de interpretação a professora perguntou, inicialmente à Cláudia, uma aluna de boas notas, quem era o líder dos meninos que viviam no trapiche. Cláudia respondeu que era o professor, pois se tinha esse apelido é porque ele sabia mais que os outros, portanto era o líder. Muitas contestações, mas foi para mim que a Dona Marli apontou o dedo e perguntou se a resposta da Claudia estava certa ou errada, e por quê. Surpreendi-me com a desenvoltura com que respondi. Não por ter dado a resposta certa, um tanto óbvia, mas pelo apego com que falei sobre o personagem Pedro Bala, menino corajoso, leal, que sabia respeitar e ser respeitado pelos seus amigos, que seria capaz de matar e morrer por aqueles que viviam com ele.

Descobria ali que a literatura mostra uma realidade às vezes próxima de nossas vidas. Os dramas dos meninos dos trapiches das areias de Salvador, ainda que mais agudos, guardavam relação com os dramas dos meninos dos subúrbios, como eu.

Naquelas aulas descobri que gostava muito da professora Marli, que gostava daquele tipo de aula, que gostava das histórias contadas pelos autores brasileiros e que gostava dos livros.

Foi nessa época que tive contato com fragmentos da poesia de Carlos Drummond de Andrade, de João Cabral de Melo Neto, de Cecília Meireles e de uns poucos outros. E com pequenas partes da prosa de Érico Veríssimo, Machado de Assis, Graciliano Ramos entre outros. Algumas vezes aqueles textos me aguçaram a curiosidade para ler o livro inteiro. Frequentei a biblioteca pública municipal que havia na esquina da Rua da Feira com a Cônego Vasconcelos. Não, não era um leitor contumaz. Não foram tantas as tardes inteiras que passei naquele espaço agradável, me deliciando com boas leituras. Ainda assim a maior proximidade com a leitura dos livros melhorou sensivelmente meu desempenho escolar.

CARREGANDO A TROUXA DE ROUPA,
CHEGUEI ÀS AREIAS DE COPA

Lá vamos nós

ESTÁVAMOS NA SEGUNDA QUINZENA DO MÊS de dezembro de 1968. Foi a primeira vez que acompanhei minha mãe na sua rotina de trabalho aos sábados. Não sei exatamente por que ela concordou em me levar: se porque, naquele dia, carregava duas trouxas e não uma, como normalmente acontecia; ou porque na volta iria comprar coisas de Natal, dentre elas a minha roupa para as festas de fim de ano.

Acordei todo serelepe. Estava feliz por ajudar a minha mãe pelo menos naquela pesada tarefa de carregar a trouxa de roupa. Caminhamos uns 300 metros até o ponto da Rua Rio da Prata e embarcamos no ônibus até a estação de Bangu. Subimos a longa escadaria, compramos as passagens, atravessamos as catracas e descemos até a plataforma. Rapidamente o trem chegou e embarcamos em direção à Central do Brasil. Lá atravessamos a enorme gare da estação terminal e, ao lado do Ministério da Guerra, tomamos o ônibus da linha 157 que nos levaria até Copacabana. Saltamos na Rua Barata Ribeiro, na altura Rua Siqueira Campos, e de novo caminhamos até a casa da patroa da minha mãe que ficava na Rua Figueiredo de Magalhães. A viagem durou cerca de uma hora e meia e me pareceu rápida, talvez por ser sábado e o trânsito fluir melhor, talvez pela minha excitação.

Daí em diante tudo foi muito surpreendente. O apartamento onde minha mãe trabalhava era grande: a sala em dois ambientes deveria ter uns quatro metros de largura por uns oito metros de comprimento. Em um dos lados possuía uma janela de madeira e vidro em toda a largura da parede que permitia, através da cortina semitransparente, avistar o prédio do outro lado da rua. Havia muitas poltronas espalhadas em um semicírculo, mesa de centro, mesa de jantar com muitas cadeiras, uma grande estante com livros e objetos de decoração e na posição oposta uma mesinha com televisão.

Mas a casa não era luxuosa como imaginei. Pensava que os patrões de Copacabana moravam em casas cheias de brilho, com muitos espelhos e quadros na parede, com belíssimos e caros tapetes importados, e não aquele assoalho de taco envernizado.

E a Dona Clarinda abriu a porta e nos recebeu muito afetuosamente:

— Entra, Dejanira. Esse é o seu caçula, não é? Vem meu filho, deixa essa trouxa ali na área e vamos fazer um lanche.

A patroa era bonita e demonstrava uma simpatia autêntica. Era alta — mas não muito — cabelos castanho-claros acima dos ombros, olhos verdes. Era dinâmica, caminhava de um lado para o outro fazendo coisas diferentes, mas não era muito falante. Rapidamente tinha posto a mesa do café da manhã com xícaras e copos, suco de laranja, pão de forma, queijo e leite, enquanto minha mãe passava o café.

Eu assistia de um canto da vasta copa-cozinha os movimentos daquelas duas mulheres trabalhando em sincronia, quando entrou no recinto o dono da casa: um senhor alto, forte, que se movia com rapidez, gesticulava e falava alto, mas sem transparecer arrogância:

— Clarinda, o café está pronto? — questionou, já se sentando à mesa. — Aquele menino é da Dejanira? — perguntou olhando para mim, como quem já soubesse a resposta.

Em seguida acenou com a mão me convidando para sentar-se à mesa e, já engrenando uma nova fala, determinou à Dona Clarinda:

— Chama os meninos para tomar café com a gente. Hoje é sábado, o dia está ensolarado, tem muita coisa boa para fazer, não é mesmo? — disse olhando para mim.

Dona Clarinda não tinha respondido nenhuma pergunta, mas já se deslocava para os quartos para chamar os meninos. Retornou rápido, sentou-se ao lado daquele senhor e disse:

— Os meninos já estão acordados, mas até escovarem os dentes, lavarem o rosto e se vestirem... É melhor a gente já ir comendo alguma coisa.

Eu estava constrangido. Não esperava aquele tratamento tão informal e gentil. Sentei-me na cadeira mais distante do casal e me apressei em dizer que já tinha tomado café em casa, o que era verdade — mas já havia se passado duas horas, duas viagens de ônibus e uma de trem e a distância de aproximadamente 50 quilômetros. Minha mãe chegou, colocou o bule sobre a mesa e começou a me servir. Encheu de suco de laranja o copo à minha frente, cortou uma grossa fatia de queijo, pôs no meio de duas fatias de pão de forma e me deu. Depois fez um sanduíche para ela, pôs um pouco de café na xícara e começou a comer e a beber de pé ao meu lado. O casal a essa altura já se servia, ambos calados.

Eu, os meninos e o autorama

CHEGARAM ENTÃO DOIS MENINOS: um que aparentava ter uns quinze anos, dois ou três a mais que eu, e o outro que parecia ter a minha idade, ou pouco menos. O mais velho era moreno, alto, arrumadinho, com uma postura ereta. Contornou toda a mesa e foi até onde eu estava para falar comigo:

— Tudo bem contigo? Sou o Rogério.

— Tudo bem, meu nome é Jub — respondi baixinho.

O mais novo era um pouco mais claro, mais gordinho e mais baixo que o irmão. Também era mais despojado. Sentou-se do outro lado da mesa, olhou para mim e disse apenas "oi!".

Queria sair dali e me juntar a minha mãe, que a essa altura estava fazendo coisas na área de serviço contígua à copa, mas temia parecer um "bicho do mato".

Longos minutos se passaram até que o dono da casa se levantou e dirigindo-se aos filhos, perguntou:

— Por que vocês não montam o autorama e vão brincar com ele?

Aproveitei o momento e saí de fininho em direção ao local onde minha mãe trabalhava. Preferia ajudá-la de alguma maneira a ficar desconfortável com aqueles garotos. Mas minha mãe logo pegou um balde e uma vassoura e, seguindo pelo corredor em direção aos quartos e banheiros, determinou:

— Vá lá para a sala e fica conversando com eles.

Caminhei meio desconsertado até a sala e me sentei na poltrona que me pareceu mais simples e esperei os meninos para ver se eles acataram a sugestão do pai, ou se tinham outros planos.

Chegaram com uma caixa velha e grande trazida pelo mais velho. Puseram a caixa no chão e começaram a montar aquelas centenas de peças que constituíam a estrada onde correriam os carrinhos. Nunca tinha brincado com um autorama. Só conhecia de ouvir falar, de fotos em revistas e das exposições em lojas. Convidado, sentei-me no chão ao lado deles e ajudei a montar, embora em cada encaixe que eu conseguia, cada um deles conseguia vários.

O autorama era enorme, demorou muito tempo para ser montado e ocupou boa parte de um dos lados da sala, de onde foram afastadas a mesa e as poltronas. Aquela atividade conjunta melhorou o clima entre nós, que foi ficando menos distante e um pouco mais descontraído, apesar dos diálogos durante a montagem serem basicamente monossilábicos.

Os carrinhos foram colocados na linha de largada e cada um pegou o respectivo controle remoto que acionaria o brinquedo. Comecei muito mal. Não conseguia controlar a aceleração que, quando excessiva, jogava o carrinho para fora do trilho e, quando muito baixa, quase empacava. Fui melhorando ao longo do jogo, mas a milhas de distância da habilidade dos dois irmãos.

A brincadeira durou quase toda a manhã, interrompida algumas vezes pelo telefone que tocou para um e para outro irmão e por paradas técnicas para ir ao banheiro ou beber água. Fui me ambientando, mas me incomodava o tratamento excessivamente atencioso que o irmão mais velho me concedia. Ele era genuinamente gentil e saltava aos olhos que um dos traços de sua personalidade era cultivar amizades. Mas sua persistência em me perguntar se estava tudo bem, se eu queria comer ou beber alguma coisa e até uma pouco sutil intervenção no jogo do irmão para que eu tivesse uma derrota menos acachapante, me deixava constrangido.

Preferia o comportamento do mais novo. Era seco, não demonstrava nenhuma intenção de ser amigo. Também não hostilizava. Apenas passava o tempo com alguém de sua idade que estava na sua casa.

Por volta de meio dia e meia fomos chamados para almoçar. De novo me senti envergonhado em participar de um ritual. O pai, que havia estado fora toda a manhã, retornou e já estava sentado à mesa. A patroa terminava de pôr os pratos, talheres e copos de refrigerante. Minha mãe, na cozinha, parecia estar fritando os bifes, cujo cheiro e o chiado chegavam até nós. A seguir as duas mulheres na casa começam a trazer o pote de feijão, a travessa de arroz, a travessa com salada de maionese e uma bandeja com os bifes. Comemos vagarosamente, exceto minha mãe que levantou muitas vezes para pegar o azeite e o sal, para trocar um talher que havia caído, para trazer mais bife.

Partiu praia

APÓS O ALMOÇO O PAI SE SENTOU numa das poltronas da sala e começou a folhear displicente um jornal. Sem tirar os olhos das páginas, falou em um tom intermediário entre sugestão e determinação:

— Já jogaram bastante. Por que vocês não guardam o autorama e vão para a praia passear um pouco? A Dejanira daqui a pouco vai limpar a sala e não quero vocês aqui atrapalhando.

Começamos a desconectar peça a peça e jogar na caixa. Meia hora depois o mais velho carregou a caixa e o mais novo seguiu atrás dizendo que iria pôr uma roupa de praia. O senhor do vozeirão então baixou ligeiramente o jornal e olhando para mim, disse:

— Você trouxe calção de banho? Quer usar um short emprestado dos meninos?

Respondi que não. Que iria só passear. Logo os meninos chegaram e descemos pelo elevador. Era um dia quente e muito ensolarado. Já na saída do prédio me impressionei com o grande número de pessoas que circulavam pela rua. Eram pessoas de todas as idades. Muitos homens, mulheres, jovens e crianças com bermudas, camisetas e sandálias. Algumas meninas com biquínis sensuais aparecendo por baixo de cangas e saídas de praia, e rapazes apenas com shorts coloridos expondo corpos sarados e bem nutridos.

Caminhamos aproximadamente dez minutos e chegamos à praia completamente lotada. Antes atravessamos o calçadão, que parecia uma procissão seguindo simultaneamente em direções opostas, tal era o número de pessoas que caminhava, corria ou pedalava sobre as pedras portuguesas cuidadosamente assentadas para formar o mosaico símbolo do bairro.

Eu seguia lado a lado com os meninos, que agora pareciam mais felizes com aquele movimento contagiante, olhando para todos os lados e até para cima, para as portarias e fachadas dos prédios, que subjetivamente ia classificando segundo o grau de riqueza dos moradores de cada edifício.

Paramos em um local da praia onde havia vários colegas deles. E o que me pareceu incrível: naquele mundo de pessoas estendidas em toalhas e barracas armadas para fazer sombra, havia uma área reservada para jogar futebol.

A vasta experiência de Sepetiba

EMBORA MORASSE NUM SUBÚRBIO muito distante da orla, a praia era um local onde eu ficava muito à vontade. Todo verão, muitos domingos íamos à praia de Sepetiba e, bem mais raramente, às praias de Itacuruçá e Muriqui. Para ir a Sepetiba, a praia preferida dos moradores de Realengo em diante, enfrentávamos uma verdadeira maratona. Já nas primeiras horas do dia, na Rua Silva Cardoso, ponto final do ônibus 870, formavam-se duas filas gigantescas. Uma para os passageiros que queriam viajar sentados e a outra para os que aceitavam viajar em pé. Como nosso grupo geralmente era formado por mim, minha mãe, minha irmã, meu cunhado e os quatro filhos, esperávamos por mais de uma hora na "fila do sentado" que, além de ser maior, ainda era vítima dos malandros da "fila do em pé", que sempre começavam a entrar no ônibus antes de serem ocupados todos os bancos e assim furtavam preciosos lugares.

A viagem era longa, lenta e para lá de desconfortável, mas suportávamos bem por conta da expectativa de um agradável dia de praia. O ônibus superlotado seguia pela estreita avenida Santa Cruz, atravessando os bairros de Senador Camará, Jabour, Santíssimo, Campo Grande e Santa Cruz. Parava em dezenas de pontos ao longo do trajeto, sempre para embarcar mais passageiros naquele espaço que parecia não caber mais uma viva alma. Muitos se aglomeravam na porta traseira, que era a porta de entrada no veículo, mantida aberta para se poder pegar um sopro de vento. Outro ponto de aglomeração extrema era a parte da frente do ônibus ao lado do motorista, onde na escada da porta dianteira ou recostado no capô se podia ver o caminho à frente, o que parecia trazer algum alento.

Quando se chegava no ponto final na praia de Dona Luiza descia aquela pequena multidão que inacreditavelmente foi trazida por um único ônibus — a Dona Luiza era a praia mais badalada de Sepetiba, também conhecida como Praia do Oi pela definitiva razão de que qualquer jovem, rapaz ou moça, em uma curta caminhada na areia encontrava dezenas de colegas que naturalmente cumprimentava com a simples interjeição..

Minha irmã preparava de véspera o farnel que nos alimentaria: invariavelmente arroz, farofa e frango assado. Na hora do almoço o meu cunhado comprava no bar ou padaria mais próximo uma Coca-Cola de um litro e meio e nos deliciávamos com aquela refeição para repor as energias gastas na primeira etapa de mergulhos e braçadas no mar. Quatro, cinco horas da tarde, seguíamos para outra longa fila no ponto final do ônibus de Sepetiba, para o périplo do retorno.

Eu era, então, um suburbano com muito tempo de praia.

Futebol é minha praia

MAS COPACABANA É OUTRA HISTÓRIA. Ali não conhecia ninguém a não ser os meus amigos de primeiro dia. Ficamos sentados na areia próximo ao calçadão, formando um grupo de mais de vinte meninos e meninas.

Nem todos conheciam todos, mas todos conheciam alguém do grupo. Sentei-me propositadamente numa posição lateral para não participar muito diretamente dos diversos papos que rolavam em subgrupos.

Preferia contemplar as pessoas que tomavam sol, protegidas parcialmente por suas barracas. Ou olhar para as que caminhavam suadas até a água e logo depois retornavam com os cabelos grudados à cabeça e os corpos molhados, exalando um frescor extraído do mar. Eram pessoas de todos os tipos e idades, mas é claro que minha atenção era maior com os adolescentes e jovens, em especial as meninas bonitas e esbeltas, bastante abundante naquele pedaço.

Passado algum tempo, começou um jogo de futebol de areia: de um lado o time formado com meninos que faziam parte do nosso grupão. O outro time era formado por um outro grupo de amigos. Os meus anfitriões não foram escolhidos ou não quiseram participar da pelada. Aliás, pelada organizada, pois além do campo demarcado com fita fincada na areia formando o quadrilátero do jogo, as balizas eram cobertas com redes e os times usavam coletes de cores diferentes, bem ao contrário do time sem camisa contra o time com camisa, que conhecia lá de Bangu.

Dediquei somente alguns minutos de atenção à organização e ao início do jogo, pois a minha curiosidade era, em primeiro lugar, saber se os filhos da patroa da minha mãe eram bons de bola; e, em segundo plano, saber se havia craques naqueles grupos. Como dos meus amigos restou apenas o indicativo de que o futebol não era a "praia" deles e dos jogadores nenhuma sombra de destaque em qualquer dos times, voltei a atenção para o que me interessava: o povo bonito que se banhava e se bronzeava na princesinha do mar.

Também passei a olhar para o outro lado da Avenida Atlântica: seus prédios suntuosos com janelões voltados para o mar, seus carros de luxo que entravam e saíam das garagens e algumas lojas e restaurantes instalados na larga calçada que margeia os edifícios.

Mas a pelada começou a empolgar as torcidas: do nosso time, os amigos do grupo que não entraram em campo — dentre estes os meus anfitriões — e as meninas. Pelo outro time, um grupo bem maior que o nosso se posicionava a cerca de 200 metros, em linha reta acostada ao calçadão.

Gritos de gol e de incentivo: "vai, vai, chuta!". Palmas, vaias e xingamentos para os nossos jogadores e para os adversários, conforme acertassem ou errassem os lances.

Levantei e me aproximei do grupo e passei a prestar atenção no jogo. Descobri que o placar estava 3x2 para o time adversário, que era formado basicamente por garotos do Bairro Peixoto, e que o nosso time tinha como núcleo básico alunos do tradicional Colégio São Vicente, de Botafogo, onde estudavam os filhos da patroa da minha mãe.

Algum talento e muita sorte

FALTAVAM CERCA DE DEZ MINUTOS para terminar a partida e o nosso time mostrava um esgotamento físico maior que o do adversário. Um dos nossos jogadores, exausto, chegou perto da torcida e disse:

— Entra alguém aqui no meu lugar, não aguento mais.

Breve indefinição, e como ninguém se dispusesse a substituí-lo, nosso jogador voltou a campo ofegante. Minutos depois, volta ele e diz:

— Agora não dá mais, ou entra alguém só para fazer número, ou vamos terminar com um a menos.

Foi aí que o filho mais velho da patroa da minha mãe virou para mim e falou:

— Entra você. Você não sabe jogar bola?

O pouco que tinha visto me deixou a impressão de que os jogadores — os nossos e os deles — eram bem limitados na arte do futebol. Mas eu não tinha a mínima noção de como jogar na areia, ainda mais naquela areia fofa de Copacabana. Até a caminhada de ida e volta à beira d'água, que havia feito meia hora antes, tive que fazer com cuidado para não me desequilibrar. Lá em Sepetiba não se jogava bola na areia — o que seria até mais fácil porque a areia era muito mais dura — pois havia campos próximos.

Mas o Rogério insistiu:

— Entra! Entra logo! Estamos perdendo e o jogo já vai terminar.

Tirei a camisa, vesti o colete que o Rogério me deu e entrei. Só ouvi a instrução, nada técnica, do menino que substituí: cerca na defesa e parte pro ataque para a gente empatar a partida. O primeiro pensamento foi o de receio: "vou pagar um tremendo mico. Não vou nem conseguir ficar em pé correndo na areia". Foram necessários uns poucos passos para frente e para trás, para eu me sentir um pouco mais seguro. Na primeira jogada em que efetivamente participei, consegui "roubar" a bola do adversário e imediatamente lancei paro o ataque. A jogada foi simplória e sem consequência, mas me aqueceu o sangue.

Com a nossa pequena e aguerrida torcida gritando: "vamos lá! Vamos pro ataque! Vamos fazer o gol!". Naquela altura do jogo não havia mais posição definida em campo. Então me adiantei para além do meio de campo, pelo lado esquerdo. Uma bola prensada entre um jogador do nosso time e do time adversário ganhou altura e veio em minha direção. Estava a meia distância do gol adversário, algo como quinze, vinte metros, mas sabia que se conseguisse pegar bem na bola seria difícil para o goleiro defender. E assim foi: preparei uma espécie de voleio e, quando a bola desceu, eu a acertei ainda no ar, com um forte chute de pé esquerdo. Pegou "na veia". O goleiro nem foi no lance e a bola entrou no ângulo. Fui muito abraçado pelos meus parceiros de time e por um torcedor muito especial, o Rogério, que inadvertidamente entrou em campo.

Mas era meu dia de sorte no futebol, muita sorte: pouco tempo depois do reinício da partida recebi uma bola no meio de campo, ajeitei suavemente para uma parte relativamente plana da areia e chutei forte de pé direito em direção ao gol adversário. A bola seguiu à meia altura em linha reta, ultrapassou o goleiro que havia mergulhado no canto direito tentando pegá-la, estourou na trave e retornou num ângulo de mais ou menos 45 graus, bateu nas costas do goleiro e foi "morrer" no fundo das redes. 4x3! Consagração total! Não só nossos jogadores, mas também todos os meninos e meninas de nossa pequena/grande torcida correram para me abraçar.

Terminado o jogo, ficamos ali por mais de uma hora, festejando e rememorando a partida. Até o menino mais novo da patroa falava para os colegas:

— Esse aí que jogou de bermudas e que acabou com o time deles é amigo meu, filho da moça que trabalha lá em casa.

Voltamos para o apartamento e minha mãe já estava pronta para irmos embora — ela havia combinado com Dona Clarinda de sair mais cedo para fazer compras de Natal —, de modo que só tomei um banho rápido para tirar o sal e a areia do corpo, nos despedimos do pessoal da casa e fomos embora com a trouxa de roupa suja da semana seguinte. Antes de sair ainda ouvi o filho mais novo contando para o pai:

— Ele fez dois golaços — nitidamente exagerando quanto ao segundo gol — e viramos o jogo.

Só muito tempo depois voltei àquele apartamento, pois minha mãe quase nunca me deixava acompanhá-la nas empreitadas de sábado. Nas poucas vezes que revi meus amigos, filhos da patroa da minha mãe, não brincamos com autorama nem participamos de jogo de futebol de praia. Conversávamos pela manhã em casa ou até estudávamos, e à tarde passeávamos pela praia ou pelas ruas de Copacabana. Éramos amigos e eu gostava disso.

A CASA DA TIA ALAÍDE

Os primos e a vovó emprestada

COM MUITA FREQUÊNCIA minha mãe me mandava ir à casa da tia Alaíde para dar algum recado ou pegar alguma coisa emprestada. Eu adorava. Além da minha tia ser extremamente carinhosa comigo, havia também a prima Sônia, da minha idade, e os primos Eliane e Edinho, poucos anos mais novos que eu. Os outros dois primos mais velhos, o Jorge e a Regina, raramente estavam em casa, pois já trabalhavam e estudavam à noite. Lá também vivia a Dona Adélia, avó dos meus primos por parte de pai, uma senhora muito idosa que fumava cachimbo e ficava quase todo tempo sentada em uma cadeira de balanço. Dona Adélia falava pouco, mas parecia ouvir com interesse as coisas que eram ditas ao seu redor. No fundo eu a via como uma espécie de avó emprestada, já que não tive a felicidade de conhecer nenhum dos meus avós verdadeiros, pois eles faleceram quando eu ainda era muito miúdo.

Logo que chegava, falava com titia o que mamãe havia mandado dizer e ia conversar com Sônia. Ela era bonita, elegante e muito minha amiga. Éramos da mesma série e estudávamos na mesma escola — houve até um ano em que fomos da mesma classe — e assim tínhamos muito assunto para falar também sobre os estudos. Ela era uma boa aluna, tirava sempre boas notas e até conquistava posições de destaque, como carregar a bandeira brasileira em alguns eventos comemorativos na escola. Nesses momentos seu uniforme bem engomado, seu cabelo bem penteado, seus passos firmes, mas suaves, lhe davam um encanto ainda maior.

As deliciosas histórias da fazenda

MAS A SATISFAÇÃO DE VISITAR A CASA DE TIA ALAÍDE tinha ainda outras razões. Muitas vezes, ao cair da tarde, antes de iniciar as tarefas de preparar o jantar, titia se sentava na poltrona conosco e conversava. O papo mais gostoso, que eu sempre pedia que ela contasse, era sobre a infância dela, da minha mãe, dos outros quatro irmãos, da vida na fazenda onde seus pais, meus avós, eram meeiros. Então ela contava as histórias dos banhos e pescarias no rio Paraíba do Sul; histórias de plantar e colher frutas, legumes e verduras para ajudar na alimentação da família; histórias do professor contratado pelo dono da fazenda para ensinar as primeiras letras às crianças da fazenda, e cujo principal instrumento pedagógico utilizado era a vara de marmelo; as histórias das longas caminhadas que faziam com os sapatos nas mãos para serem calçados apenas ao chegar nas festas no clube no centro da cidade, pois no trajeto havia várias áreas encharcadas pela vazante do rio; as histórias dos descendentes de escravos libertos há poucas gerações, mas que ainda penavam com condições de vida extremamente precárias; as histórias dos irmãos mais velhos que, um após outro, se mudavam para o Rio de Janeiro e, à medida que se estabeleciam minimamente, traziam outros irmãos, até à derradeira viagem, quando trouxeram nossos avós para os últimos anos de vida, ao lado de seus muitos filhos e inúmeros netos que residiam em Realengo, Santíssimo e, sobretudo, Bangu.

Titia também contou que uma dessas transferências foi bastante complicada. A tia Erundina, irmã imediatamente mais velha que minha mãe, era criada dos donos da fazenda: um tipo de empregada doméstica que reside na casa e executa todo tipo de tarefa que lhe determinavam. Não havia um salário fixado nem horário de trabalho definido, sendo a retribuição em forma de "agrados" em roupas, objetos e em dinheiro que os membros da família de fazendeiros de tempos em tempos ofereciam. Ocorre que a tia Erundina, um dia, veio visitar os irmãos mais velhos já estabelecidos no Rio de Janeiro e conheceu o tio Martiniano, homem com quem começou a namorar e que viria a se casar mais adiante. Na volta à fazenda tia Erundina comunicou à patroa que iria deixar a casa para vir para o Rio de Janeiro, inicialmente morar com irmãos e a seguir casar-se com o amor de sua vida. A matriarca da fazenda, pasmem, resolveu proibi-la. Disse que a casa não funcionaria sem ela limpando, lavando e passando, cozinhando e servindo aos proprietários. A patroa escravocrata chegou a sequestrar bens pessoais da tia para que ela desistisse de seu projeto. Mas um dia, apenas com a roupa do corpo, titia deixou a fazenda e a pequena cidade e aportou na capital para conquistar a liberdade e constituir sua família.

Eu me deliciava com as histórias contadas nas tardes e noites pela tia Alaíde por muitas razões: porque eram muito bem contadas, com riqueza de detalhes e uma flagrante veracidade; por conhecer a origem e a caminhada dos meus antepassados, inclusive por me aproximar afetivamente dos meus avôs que se foram quando eu ainda era criança de colo e, portanto, sem memória de contato pessoal; e também porque a história da minha família era um pouco da história da sociedade, da imigração, do trabalho e da economia, da política e da cultura de um tempo. É duro constatar que o que ocorreu com minha tia Erundina há cerca de 80 anos, o que atualmente chamamos de situação análoga à escravidão, ainda se vê nos dias de hoje.

FÉRIAS NA CASA DE PARENTES

Nós íamos

UMA TRADIÇÃO ANTIGA DE NOSSA FAMÍLIA, e de muitas famílias do subúrbio carioca daquela época, era a de mandar filhos menores para a casa de parentes, e da mesma forma receber filhos de parentes na nossa casa, nos períodos de férias escolares.

Carlinhos, meu irmão oito anos mais velho, costumava passar de uma semana a dez dias das férias de final de ano na casa de seu padrinho — que chamávamos de tio Lauro, mas que era primo de nosso pai — na Glória, bairro que faz a divisa entre o Centro e a Zona Sul da cidade do Rio de Janeiro. Voltava sempre muito feliz, contando as proezas que havia feito com os "primos", os passeios à praia do Flamengo (que dava para ir a pé) para pescar ou para tomar banho, o tratamento gentil e carinhoso de todos da casa e até de como a comida era boa.

Beto, meu irmão cinco anos mais velho, ia, invariavelmente, para a casa da tia Conceição, sua madrinha. Às vezes na casa dela em Rocha Miranda, mas muitas vezes nas casas de veraneio que a família dela alugava, como o sítio que mantiveram por vários anos em Parada Angélica, distrito de Imbariê, localidade do município de Duque de Caxias, região metropolitana do Rio de Janeiro, de onde se deslocavam para jogar bola em Pau Grande, bairro próximo no município vizinho de Magé, terra natal do genial jogador Garrincha; ou na casa que, também por longo tempo, mantiveram na Praia da Ribeira, na cidade de Mangaratiba, no litoral sul do estado. Aliás, não só Beto, mas toda nossa família frequentou essa casa em fins de semana ou feriadões de verão, quando usufruíamos da hospitalidade da anfitriã tia Conceição, amiga de profunda afeição e afeto com a minha mãe desde os tempos de jovens solteiras, e da praia que quase banhava a ponta do terreno arenoso do imóvel.

Como sempre acontecia, Beto voltava muito feliz dessas temporadas. Contava do cuidado e do carinho que não somente sua madrinha, mas praticamente todos daquela também enorme família, dispensavam a ele.

Eu tinha dois destinos prediletos nestes "intercâmbios" de férias escolares. Um era mais raro e geralmente mais rápido: as estadias na casa da tia Filhinha, a baixinha e carismática irmã do meu pai, que sustentava a família dando pensão aos jogadores do juvenil e do aspirante do Vasco da Gama, em sua casa na Barreira do Vasco. Eu gostava muito da minha tia, dos meus primos e primas — uma delas cheguei a ter um namoro passageiro, mas a amizade e a admiração perduraram durante décadas e décadas — e da comunidade que à época não era controlada por pessoas armadas caminhando pelas ruas e vielas, mas que naturalmente exigia um certo comportamento de não moradores, pois já era local de venda de drogas. Eu me enturmava com os primos de idade próxima a minha e saía para soltar pipa, brincadeira que eu adorava e que alguns deles eram muito bons; para jogar totó no barzinho próximo, ou saía para jogar bola, em algumas áreas do estádio do Vasco que tínhamos acesso, já que o tio Betinho era porteiro do clube.

Entretanto uma coisa me incomodava um pouco: na hora do almoço nos sentávamos à mesa com vários estranhos. Meus primos estavam acostumados e até eram amigos de alguns deles que se tornaram craques consagrados, como o Roberto Dinamite, mas nesses momentos eu me sentia em um restaurante e não na casa de parentes tão queridos, o que me constrangia. Fora isso, era delicioso passar alguns dias de dezembro, janeiro ou fevereiro com boa parte da família do meu pai.

Outro destino que adorava era a casa do tio Melchiades, da tia Argentina e dos primos Ceni, Neneu e Verinha lá em Realengo. Com a prima da mesma idade eu conversava quando estávamos dentro de casa e falávamos sobre escola, diversão, projeto de vida e algumas amenidades.

Com os primos, ganhávamos as ruas empoeiradas, mas cheias de vida, daquela região do bairro. Passávamos por vendinhas e os primos compravam bananadas, doces de abóbora ou cocadas e seguíamos comendo em direção aos campos de futebol do Barata. Lá eram festejados e os primeiros a serem escolhidos nas peladas, pois eram craques de futebol, principalmente o Ceni. Às vezes exigiam que eu também fosse relacionado para jogar, mas eu era quatro e cinco anos mais novo que meus primos e não parecia razoável que um menino de dez anos jogasse com aqueles galalaus de quatorze e quinze anos.

À noite, sentados ao redor da mesa para jantar, o tio Melchiades, irmão mais novo da minha mãe, contava casos da Rede Ferroviária Federal, onde trabalhava, de trens, de trilhos, de acidentes que assistiu e de outros que ajudou a evitar ou socorreu acidentados. Mais do que bem tratado, eu era paparicado naquela casa. Os primos, que normalmente brigavam tanto entre si, davam uma trégua para não me importunar; o tio me dava tanta atenção que parecia querer compensar, naqueles poucos dias, o cuidado que minha mãe e seus irmãos mais velhos lhe dedicaram durante anos e tia Argentina usava todo seu talento culinário naqueles dias.

Dizem que sonho bom é o sonho que se sonha junto. A mais forte lembrança que tenho da Verinha é das conversas que entabulávamos naqueles dias de férias que eu passava na casa dela. Projetos para o futuro, para a vida adulta, para a realização afetiva e material. Ela viveu com qualidade e foi amada pelo companheiro, pelos filhos que gerou, pelos parentes e por todos que a conheceram. Mas às vezes me pergunto: por que uma doença lhe retirou a vida com tão pouca idade?

Eles vinham

A MINHA CASA, no verão, recebia vários parentes para passar dias, fins de semana ou pedaços das férias. A Juraci, filha da Dona Conceição, costumava aparecer nos dias que antecediam o carnaval. Amiga íntima das minhas irmãs, ela chegava para se incorporar no planejamento e nas ações para os dias de Momo. Ajudava a escolher as fantasias, a comprar os tecidos e os apetrechos necessários e a decidir sobre os salgados e bebidas para os dias de folia no Bangu Atlético Clube. Juraci era uma das estrelas da agitação que se formava na minha casa com os meus irmãos e irmãs e os muitos colegas que apareciam momentos antes e durante o carnaval. Na Quarta-Feira de Cinzas, ao acordar, Juraci pegava as muitas roupas que levou e as que produziu para os dias de folia e voltava para sua casa. Dizia: preciso descansar, segunda-feira terminam minhas férias.

Outro visitante assíduo lá em casa no período de férias era o Edmar. Ele era filho do tio Joãozinho, que eu admirava muito não apenas por ser divertido e engraçado, mas por ter participado da Segunda Guerra Mundial. Era algo muito impressionante para mim logo após a primeira infância, ter um tio que atravessou o largo oceano e aportou no velho mundo para, de arma em punho, combater as forças do mal. Mesmo reconhecendo como brincadeira quando dizia que para economizar munição ele enfrentou os italianos e alemães no tapa, soava bem verdadeiro quando dizia que possuía medalha de honra ao mérito da Força Expedicionária Brasileira.

O Edmar era o menino maluquinho da família. Como era bem mais velho que eu, seus parceiros mais próximos lá em casa eram o Carlinhos e o Beto, principalmente este último. Já no dia da chegada Edmar chamava minha mãe e dizia: "tia, a senhora tem que arrumar um lugar para eu dormir". Minha mãe o levava para o segundo quarto da casa e explicava: aqui a prioridade é dos mais velhos: Tivinho e Lula, que saem cedo para trabalhar, dormem na poltrona e na cama e seus primos mais novos se deitam no chão. Na hora de dormir você vai arrumar um cantinho aí pra colocar a esteira e o lençol que eu vou te emprestar. E ponha as mãos pro céu e agradeça! Daí um pouco mais, Edmar se aproximava da minha e dizia: "tia, eu prefiro o angu frito". Minha mãe, quase perdendo a paciência, respondia: "Edmar, aqui se come o que se tem pra comer. Vai pra rua com seus primos e volta só na hora do almoço!". Aquele jeito meio sem noção do primo agradava aos amigos e amigas dos meus irmãos, que se divertiam muito com ele. Ao final de cinco ou sete dias Edmar arrumava sua bolsa, aproximava-se da minha mãe e dizia "estou indo tia, muito obrigado! Eu gosto muito daqui! Se tivesse uma caminha melhor...".

Outros primos passavam dias lá em casa. Às vezes uma família de tio ou tia nos visitava e ao final do dia, quando se preparavam para ir embora, algum filho ou filha pedia para ficar um ou dois dias conosco. Eu gostava disso, principalmente quando o visitante era da minha idade e podíamos brincar juntos. Era um hábito familiar muito comum naqueles tempos e servia para aproximar os núcleos familiares que moravam em bairros distantes.

ALGUNS AMIGOS, ALGUMAS ATIVIDADES

Eu e Zé Carlos

NA INFÂNCIA EM BANGU tínhamos muitos amigos da mesma rua e das ruas ao redor, colegas das brincadeiras, passeios e outras atividades, mas com frequência algumas coisas fazíamos com parceiros especiais.

Uma das coisas que gostava de fazer no verão abrasador do nosso bairro era tomar banho no cano furado, lá no Sarapuí. Era um banho espetacular, muito refrescante, pois recebíamos por sobre o corpo aquele mundo de água que jorrava do cano da Cedae e subia mais cinco metros de altura para depois descer em abundância, num largo espaço.

Mas para ir até lá e depois voltar até a nossa rua era melhor que fossemos de bicicleta, pois caminhar a pé aquela considerável distância anularia o frescor que ganhávamos com o banho. Então o programa do cano furado eu fazia quase sempre com meu vizinho e parceiro Zé Carlos. Ele pegava a bicicleta do pai (nos dias de semana, com o pai no trabalho) e saíamos, geralmente no meio da tarde, ele conduzindo e pedalando e eu de carona sentado no quadro, para refrescar a um só tempo o corpo e a mente.

Lá nos misturávamos àquele grupo enorme de pessoas de todas as idades: crianças bem pequenas, que alguns responsáveis permitiam que se banhassem nuas ou apenas com a calcinha ou a sunguinha; meninos adolescentes apenas de short e meninas da mesma idade de shortinho e camiseta; homens e mulheres jovens com roupa de praia e até senhoras e senhores, algumas com roupas pouco apropriadas para banho. Tudo junto e misturado, numa alegre bagunça. Uma das farras prediletas era caminhar sobre o largo tubo até tocar com os pés esticados, ou as mãos erguidas ou o corpo projetado para frente, aquele poderoso jato de água. Sempre éramos vencidos e caíamos no terreno arenoso próximo ao cano, mas nunca nos machucávamos com essa façanha.

Zé Carlos também era meu parceiro mais frequente para pegar frutas no quintal lá em casa. Eu e ele gostávamos de subir em árvores e tínhamos uma grande habilidade nisso. Eu subia na tamarineira e ia recolhendo as vagens maduras, descascava algumas e colocava na boca a doce, suculenta e azedinha polpa da fruta, outras vagens jogava em um mesmo lugar no chão para recolher depois e guardar para fazer refresco. Zé Carlos subia no pé de ingá e colhia as frutinhas docinhas e ia saboreando. Cada um em cada árvore, cerca de três metros de distância, jogávamos um para o outro os frutos que colhíamos e assim aproveitávamos as duas frutas. Às vezes ficávamos horas sentados nos galhos mais fortes e altos das árvores, provando as frutinhas e batendo papo. Em outros momentos colhíamos outras frutas, pois o terreno lá de casa era um verdadeiro pomar, com manga carlotinha, goiaba, amora, romã, fruta-do-conde, cajá e amêndoa, esta última a única fruta que não me atraía tanto, embora adorasse a sombra espetacular da amendoeira.

Aconteceu uma coisa curiosa entre mim e o Zé Carlos que ficou gravada na minha memória. Nós não éramos os mais brigões daquela turma de cerca de doze meninos mais ou menos da mesma idade, que morava na quadra da Rua Limadores entre a Banguense e a Rio da Prata. Nunca brigamos de sair no tapa, mas um dia nos aborrecemos, não sei exatamente por que, e eu comecei a xingá-lo bravamente: "não fode, vai tomar no cu, seu veado, filho da puta". Ele se afastava e não estava nem aí para os meus xingamentos, mas no momento que eu falei "filho da puta" ele voltou enfurecido e já íamos trocar sopapos quando ele disse: "se xingar a minha mãe de novo eu te mato". Aí é que eu me liguei: eu queria ofendê-lo e estava disposto a enfrentar qualquer coisa que resultasse disso, mas eu não desejava ofender a mãe dele. Havia uma ética entre nós, meninos de dez, doze anos, de que as nossas mães eram intocáveis. Até assimilávamos uma piadinha ou outra envolvendo nossos pais, irmãos ou tios, mas nunca as nossas mães. Eu então percebi que havia cometido um erro grave e não titubeei, falei: "desculpa Zé Carlos, eu não queria ofender a sua mãe". A briga de fato não se concretizou e dois ou três dias depois estávamos passeando de bicicleta pelo bairro.

Minha mãe cultivava também algumas ervas, como boldo, capim cidreira e louro, que tinham funções de remédio ou de tempero, e plantas decorativas, no chão ou em vasos e latas, como a espinhenta e bela roseira de rosas brancas, o Comigo Ninguém Pode e a Espada de São Jorge. Na área onde ficavam as plantas eu e meu amigo não podíamos nem chegar perto.

Eu, Doda e Noel

ALÉM DAS FRUTAS QUE COLHÍAMOS em nossos quintais, vez por outra saíamos para catar frutas em locais proibidos. Na avenida Santa Cruz, quase na divisa entre Bangu e Senador Camará, na região próxima ao clube Pedra Branca, havia um sítio enorme na margem esquerda da estrada que muitas vezes "visitamos" para pegar as maravilhosas mangas que havia na propriedade. Eu conhecia bem o local, pois por anos passei em frente ao sítio a caminho do Ginásio Thomé de Souza, onde estudei muito tempo.

Nessas empreitadas os parceiros mais frequentes eram Doda, Geraldinho e Noel, embora algumas vezes tenhamos invadido o sítio em grandes grupos. Segundo as informações que circulavam, a propriedade era guarnecida por um vigia armado de espingarda, que tinha autorização do dono para atirar em qualquer pessoa que entrasse no sítio.

Mas o fato é que não tínhamos notícias de ninguém que tinha sido atingido por um tiro lá dentro. Nas investidas que fizemos para roubar mangas, várias vezes ouvimos gritos de "pega", "atira neles", mas nunca ouvimos barulho de tiro. Claro que ao ouvirmos as vozes nos ameaçando corríamos e pulávamos o muro, o frontal ou o lateral, e continuávamos nos afastando rapidamente até um local seguro, geralmente o campo dos trabalhadores, a cerca de quatro quadras do portão central do sítio.

Anos depois Adalberto, amigo de infância que algumas vezes participou das investidas sobre as mangueiras do sítio, contou que encontrou um senhor que se disse ex-vigia daquela propriedade. O velhinho comentou que a espingarda que possuía era de chumbinho e sua função era apenas assustar a molecada. Falou que o proprietário não se importava que lhe usurpassem as mangas e que a orientação para expulsar os invasores era para que a meia dúzia de garotos não se transformassem em dezenas de meninos dentro do sítio, esta sim, uma situação de risco para o que lhe era caro preservar, a casa principal da propriedade.

Parceiro de cartas e de cantadas

DADINHO FOI, em certo momento, meu parceiro mais próximo e frequente. Com ele eu ia para a Rua Urucum quase todo fim de tarde jogar sueca na casa da Lila, desfrutar dos lanches deliciosos e me divertir com as vitórias que quase sempre nossa dupla alcançava. Era com ele que eu saía aos sábados à noite para as festas de aniversário nas casas que ele afirmava ser "de um amigão de um amigo meu", ou seja, penetra clássico.

Foi com ele que ingressei na prática da ciência e da arte da paquera juvenil: ele mais talentoso, ousado e divertido. Eu não ia tão mal nesse ofício e tinha um trunfo: eu dançava bem. Claro, não estou falando da arrojada dança de salão, com seus cortes e recortes, sua sincronia comandada pelos dedos do cavalheiro nas costas da dama. Falo da dança padrão agarradinhos, própria para músicas românticas, espaço privilegiado para as paqueras. A pegada suave, mas marcante; a aproximação marota, mas não ameaçadora, que junta os corpos, encosta os rostos; o cantarolar baixinho aos ouvidos ou, conhecida malandragem, sussurrar galanteios do tipo" que cheirinho bom que você tem! Seria capaz de ficar dançando contigo a noite inteira".

Geraldinho, o melhor confidente

GERALDINHO, IRMÃO UM POUCO MAIS NOVO que o Dadinho, era outro amigo precioso. Ao contrário do irmão, não era o colega das farras, das festas e dos eventos cheios de gente. Geraldinho era o parceiro de plena confiança, do tipo com quem se pode conversar sobre alegrias e realizações, sim, mas sobretudo sobre as angústias, sobre as dificuldades.

Certo dia, já no cair da noite, eu estava triste e ao encontrá-lo caminhando na nossa rua o convidei a ir até "lá fora" comer uma pizza. Ele estranhou e brincou: "caramba! Tá com grana, hein! Pizza dia de semana?". Respondi sem muito detalhe; "meu irmão recebeu o pagamento e me deu um "qualquer". Vamos andando e aí a gente troca uma ideia".

No início da caminhada, pela rua Rio da Prata, falei "abobrinhas" sobre escola e sobre futebol. Logo depois da Rua Cobé, já confortável com a atenção que o amigo me dava, falei pra ele o que realmente me angustiava: disse que meu pai bebeu demais no botequim e ao chegar em casa começou a xingar a minha mãe e ameaçar agredi-la; que eu estava sozinho em casa e fiquei na frente da minha mãe, disposto a enfrentá-lo caso ele avançasse sobre ela; que minha mãe chorava muito, mas não recuava nem parava de dizer que a bebida dele era um inferno, que ela criou um monte de filhos com toda dificuldade e ainda tinha que aguentar aquela humilhação; que aquela confusão durou um tempão, até que minha irmã chegou e levou meu pai para a casa dela; que agora, quando saio para o colégio de manhã, fico preocupado do meu pai beber e atacá-la.

Geraldinho ouvia toda a história com uma solidária atenção. Ao final extravasava: é muito triste e muito grave essa situação. Eu não sei o que faria se estivesse no seu lugar numa hora dessas, mas acho que você precisa falar com seus irmãos mais velhos para tomar uma providência".

Caminhamos e conversamos por quase uma hora até chegarmos em frente à Confeitaria Mercúrio e pedirmos dois pedaços da deliciosa pizza, que era servida quentinha, com o queijo quase borbulhando e com um cheiro maravilhoso. O lanche era muito bom, mas poder conversar com um amigo confiável a respeito de um assunto tão delicado não tem preço.

ENCONTRO MARCADO PARA BRIGAR

Bosta de vaca voando

NAQUELA TARDE JOGAMOS A NOSSA PELADA no campo do Fazenda. Não era o local natural de nossos rachas de fim de tarde, já que a nossa "sede" era o campo dos Trabalhadores. Terminado o jogo, já escurecendo, ouço Gil, nosso craque maior — jogador do juvenil do Flamengo — falar para seu irmão Nei:

— Vou voltar para casa no triciclo, estou atrasado para ir ao colégio.

— Não, quem trouxe o triciclo fui eu — disse Nei.

— Você não tem porra nenhuma para fazer agora e eu ainda tenho que tomar banho, me arrumar e chegar no Colégio Leopoldina às sete horas — retrucou Gil já caminhando apressadamente para a beira do campo onde o triciclo estava estacionado.

Nei mostrou um semblante de quem estava chateado, mas aparentava acatar a decisão do irmão mais velho. Mas era só aparência. Segundos depois Nei correu em direção ao Gil dando a impressão de que iria atacá-lo pelas costas, mas poucos metros antes chamou o irmão. Quando Gil virou o rosto para trás, Nei chutou um bolo de bosta de vaca que estava na ponta do gramado. A sujeira voou se espalhando e atingiu em cheio o rosto de Gil, inclusive entrando resíduos na sua boca entreaberta. Gil ficou furioso, mas até se refazer e limpar o rosto, Nei já estava a centenas de metros de distância na direção oposta. Não seria naquele momento que Gil cobraria a fatura da inusitada revolta de seu irmão mais novo. Nós, o resto dos jogadores da pelada, riamos muito do curioso protesto enquanto seguíamos pela Rua Banguense em direção às nossas casas.

Um caso pouco conhecido da semana anterior

NEI ESTAVA SENTADO NO TRICICLO com um dos pés apoiado no meio-fio da calçada e o outro no pedal. Meu primo gordinho era naturalmente engraçado. Alto, de pele muito clara, cheio de pelos no corpo ainda na adolescência, alguns achavam que ele era filho de português, talvez influenciado pelo fato de que passava boa parte do dia trabalhando na quitanda do seu pai e havia uma associação forte entre o comércio e os portugueses e seus descendentes.

Com sua pança avantajada e seu jeito franco e bem-humorado de tratar de qualquer assunto, ele inspirava muita confiança e todos gostavam de conversar e de sair com ele. Também era estimado por ser generoso com os colegas: recebia uma certa quantia de dinheiro semanalmente, um misto de salário e mesada e, vez por outra, pagava a passagem, o refrigerante e o sanduíche de quem estivesse duro, nos embalos de sábado à noite da gurizada.

Naquela tarde estávamos conversando na frente da cerca da casa de Damião, uma das poucas da nossa rua que ainda não tinha muro na frente. Geraldinho e eu encostados nos mourões de madeira que sustentavam as cercas de arame, ríamos não sei de que. Ele também participava da conversa, mas falava muito pouco naquela distância de dois metros de nós.

De repente ouço o barulho da queda do triciclo do Nei. Vejo Geraldinho correndo de mãos fechadas para o meio da rua. Viro-me e lá estão dois caras dando e recebendo socos e pernadas do meu primo. Geraldinho chegou rápido e socou com força um dos garotos. O segundo tentou dar-lhe uma gravata, mas ele escapou. Eu queria entrar na briga. Essa era uma obrigação. O código de honra não escrito assim determinava e a ninguém era dado o direito de não o fazer.

Mas aconteceu algo que jamais imaginei até então: fui acometido por uma crise de riso completamente paralisante. Um momento estranhíssimo. Um nervosismo que me fazia gargalhar de doer a barriga. Conscientemente não estava com medo: já havia enfrentado sozinho ou acompanhado situações muito mais difíceis. Os nossos adversários eram do nosso "top": não eram excepcionalmente mais fortes, nem maiores. Estávamos numa briga no nosso quintal, na nossa rua. Éramos três contra dois. Mas só fazia rir. Não ria do jeito desajeitado do meu primo gordinho brigar. O que lhe faltava em agilidade, sobrava-lhe em força. Da mesma forma, nada tinha a ver com Geraldinho, que também era forte, atarracado, valente e habilidoso, mesmo que bem mais baixo que eu e o Nei e os meninos agressores.

Foi uma briga de poucos minutos. Os garotos logo correram, pegaram a bicicleta deles caída poucos metros à frente e saíram em disparada na direção da Igreja São Judas Tadeu. Não me lembro claramente o porquê da briga, talvez porque meu grande receio no fim do imbróglio, e da incontrolada e paralisante gargalhada, era de tomar um puto esporro dos meus amigos, ser taxado de covarde e ser execrado pelos demais colegas de rua. Nei até ensaiou: "porra, você parece veado!". Mas depois que expliquei que foi algo que não consegui controlar ele disse, já meio que aceitando a situação: "vê se cura essa merda!". Fiquei chateado comigo mesmo por vários dias, mas aliviado por eles não terem contado aos outros a minha desonrosa participação no atrito.

Mexeu com um, mexeu com todos

PASSADO O PERÍODO DE BRINCADEIRAS e gargalhadas pelo inusitado conflito entre Nei e Gil, Noel falou: "porra cara, ontem eu voltava lá da casa do Seu Zizinho e resolvi passar pela Rua Barão de Capanema, para ver o parque que estão montando lá na Praça Guaicurus. Um filho da puta de um moleque da turma daquela rua falou que, se eu ou qualquer outro moleque aqui do Rio da Prata fosse lá no parque, eles iriam nos encher de porrada. Quase que eu parti para dentre dele, mas a praça estava cheia de caras da turma de lá. Eu ainda falei para ele: 'a gente vai se encontrar sozinho e aí é que eu quero ver'. O safado chamou os caras que estavam na praça e eles partiram para cima de mim. Tive que correr pra caralho, senão eu estava fodido".

Geraldinho perguntou: "o parque já está funcionado?". E sem esperar resposta de ninguém acrescentou: "se tiver a gente vai lá com a nossa turma e saímos na porrada com eles. Vários concordaram dizendo: "é isso aí", "vamos nessa porra!". Outros aceitaram com movimentos de cabeça, ninguém discordou.

O assunto ficou adormecido por uns dez dias, até a tarde do sábado da semana seguinte à pelada na qual rolou o papo. Então Noel apareceu na esquina da Rio da Prata com a Limadores e perguntou:

— Quem topa ir hoje à noite lá no parque da praça Guaicurus, para meter a porrada nos moleques de lá?

Eu e Geraldinho respondemos imediatamente:

— Vamos.

O terceiro da rodinha de amigos que conversavam encostados no muro da casa de material de construção era o Valdir, meu colega deste os tempos do Thomé de Souza. Ele jogava no nosso time, o Bola na Rede, mas não era morador da nossa região. Valdir então, meio constrangido, ensaiou concordar, mas eu disse:

— Não Valdir, esse negócio é problema do pessoal aqui da Limadores".

Noel saiu apressado dizendo que ia falar com Doda, Toninho, Zé Carlos e Nei, e que ia marcar aqui na esquina às sete horas da noite.

Na hora marcada saímos pela Rua Rio da Prata. Noel liderava o pelotão e Doda o seguia como um soldado pronto para entrar em ação ao primeiro sinal do comandante. O resto do grupo caminhava passos atrás ainda conversando sobre futebol — inclusive dois amigos do Noel que eu conhecia apenas de vista –, pois sabíamos que levaríamos pelo menos vinte minutos até chegar na praça. Só depois de dobrarmos a Rua dos Estampadores é que Noel reuniu o grupo e disse:

— É o seguinte, o parque deve estar cheio de gente: coroas, casais com crianças e outros homens e mulheres que não tem nada com isso. Então a gente localiza o grupo deles, parte para cima na porrada, mas não podemos demorar. Quanto eu falar vamos embora, todo mundo corre pela Rua da Fábrica e nos encontramos lá em frente ao Casino. Muito cuidado mesmo! Se um ou dois se atrasarem e eles pegarem vão massacrar.

O imperdoável engano

CHEGAMOS NA PRAÇA e vimos o parque muito cheio, como imaginávamos. Da esquina Noel olhava para todos os lados tentando localizar o grupo adversário para determinar o ataque. Caminhou para frente, deu vários passos à esquerda e à direita e nada. Voltou e disse:

— Acho que eles não estão aí hoje, e complementou — deixa para lá, outro dia a gente pega eles.

Sob seu comando seguimos pela calçada até que Noel parou e disse:

— Eu acho que aquele ali é da turma deles.

— Qual? Aquele de blusa amarela? — perguntei.

Noel balançou a cabeça de cima para baixo, em movimento afirmativo. Saí na frente e dei um soco no rosto do garoto. Logo atrás veio Doda e deu um forte soco nas costas do menino, que a essa altura já girava completamente desnorteado. Outros do nosso grupo chegaram chutando e socando. Segundos depois paramos, esperando que os colegas do menino que apanhava chegassem para brigarmos turma contra turma.

Mas nenhum grupo de garotos veio em socorro à vítima. Ao invés disso um casal de idosos se aproximou e começou a gritar:

— Pelo amor de Deus! Parem com isso! Salvem o menino!. Como os gritos de socorro do casal começaram a surtir efeito e vários adultos se aproximaram, Noel falou: "vamos embora", e saímos todos correndo seguindo a rota previamente estabelecida.

Lá na calçada do Casino sentamos no meio-fio para recuperar o fôlego da fuga e avaliarmos os acontecimentos. Geraldinho falou: "viu como os caras são covardes? Deixaram o amigo tomar porrada e nem vieram ajudar". Então Noel, com uma sinceridade desconcertante, declarou: "acho que o cara que nós demos porrada não era da turma deles não".

— Porra Noel, eu te perguntei, caralho! E você confirmou. Isso é sacanagem — disse eu já nervoso e revoltado com a displicência do nosso líder numa situação tão grave.

Geraldinho, Nei, Zé Carlos e até Doda, tão avesso a emitir opiniões, começaram a reclamar com Noel. "Assim não dá!", "e se fosse um de nós?", "vai ver era um cara legal e agora deve estar todo fodido", revezavam-se nas reclamações. Noel, completamente acuado, ainda tentou uma desculpa esfarrapada: "eu não disse que o cara era da turma deles, eu só balancei a cabeça". "Ah! Não fode Noel", disse eu levantando e caminhando de volta para casa, no que fui acompanhado por todos.

O cara que vivia apronTando

NOEL ERA NEGRO DE CABELO CRESPO. Alto, magro, de pernas compridas e um andar um pouco estranho, dando a impressão de que o passo dado com o pé direito era mais longo do que o passo dado com o pé esquerdo. Talvez esse fosse o segredo do seu talento fenomenal para o futebol. Noel não soltava pipa, não jogava bola de gude, não brincava de quase nada. Seu negócio era futebol, futebol e futebol. Quem o viu jogar naqueles tempos é capaz de apostar que foi ele, e não o Robinho do Santos e da seleção brasileira, quem inventou a pedalada, esse drible desconcertante em que o atacante, com a bola rolando, passa os pés sucessivamente por sobre a bola deixando o defensor completamente desnorteado.

Tinha, também uma verdadeira fixação por dinheiro. Além da grana que ganhava para cuidar dos passarinhos do Seu Zizinho, para conseguir mais algum trocado Noel vivia vendendo rifa e fazendo bolo de futebol — daquele que ganha quem, na sorte, escolhe o jogador que faz o primeiro gol da partida.

Seu Zizinho morava numa bela casa na Rua Cônego Vasconcelos, pouco antes da Igreja de Santa Cecília e São Sebastião. Nessa época ele já era um senhor idoso, já havia se afastado há muito tempo da Rede Ferroviária Federal, onde trabalhou, e já não era mais presidente do Bangu Atlético Clube, atividade que exerceu com o necessário beneplácito dos donos e dirigentes da Fábrica Bangu. Mas Seu Zizinho não era a pessoa mais famosa da família. O grande líder do nosso bairro era seu temido e venerado filho: o chefe maior do jogo do bicho no Rio de Janeiro, Castor de Andrade.

Talvez fosse por isso que Seu Zizinho não gostava que nenhum estranho entrasse na sua casa. O seu filho famoso com frequência aparecia lá, embora segundo se dizia já morasse em um belo apartamento na Avenida Atlântica, em Copacabana. Também se falava que daquela casa saía um túnel que desembocava depois da praça da igreja, e que seria utilizado pelo Castor em caso de necessidade de fuga.

Mas não se sabia o que era mito ou realidade em torno daquela casa, do Seu Zizinho e do Castor de Andrade. É provável que fosse uma lenda a história de que o poderoso chefão do jogo do bicho possuía uma pistola de ouro maciço que era utilizada pessoalmente para matar quem o traísse. Já as informações que circulavam dizendo que Castor possuía capangas para eliminar os seus inimigos pareciam bem verdadeiras.

A mãe do Noel, cozinheira de mão cheia, trabalhava há muito tempo para o Seu Zizinho. Foi ela que conseguiu para o filho esse bico de cuidar dos passarinhos: dia sim, dia não, pela manhã Noel aparecia na casa para limpar as gaiolas, colocar alpiste e trocar a água. Gostava de chamar alguém para acompanhá-lo na tarefa, que aliás era executada em pouco mais de uma hora, mas sempre avisava: só tem um problema, se Seu Zizinho estiver em casa, você tem que esperar do lado de fora, porque ele não gosta que ninguém que ele não conheça entre na casa dele.

Certa vez aceitei o convite e fui com ele. Não resisti à tentação de conhecer a casa do Seu Zizinho, que também era a casa do "dono de Bangu", patrocinador e dirigente (diretamente ou por meio de prepostos) do Bangu Atlético Clube e da Mocidade Independente de Padre Miguel, paixão e orgulho do bairro no futebol e no samba, Castor de Andrade.

De início fiquei no jardim interno entre o muro e a casa, próximo da porta lateral que dava para a cozinha, pois mesmo o Seu Zizinho não estando em casa podia voltar a qualquer momento e me deixar em situação difícil. Depois circulei um pouco, sempre fora da casa, ajudando Noel na limpeza das bandejas das gaiolas, na troca da água dos reservatórios e na colocação de alpiste. Já próximo do término das tarefas daquele dia comemos um sanduichão de quase meia bisnaga repleto de queijo e presunto e acompanhado de um copão de Coca-Cola que a Dona Celina, mãe do Noel, trouxe para nós.

Então Noel era um dos poucos de nós que aos treze, quatorze anos de idade, já possuía uma renda regular, ainda que pequena, naturalmente. Porém boa parte do dinheiro que entrava saía pelo ralo do seu vício crônico de jogar no bicho. Jogava na dezena, centena e milhar. Jogava na cabeça e cercado. Jogava na extração do dia e na da noite. Ganhava às vezes. Mas a cruel realidade imposta pela estatística é que ao longo do tempo o resultado era muito negativo para o apostador, e o banqueiro do bicho sempre levava a melhor.

Sua tara por dinheiro certa feita quase lhe custou uma surra violenta do escrevente do jogo do bicho lá da Rua Volga. É que Noel havia jogado em uma centena terminada em 3. Deu na cabeça uma centena com os dois primeiros números, só que terminado em 8. Noel então, cuidadosamente, com uma caneta parecida com a usada pelo bicheiro, desenhou o número 8 no último algarismo, espelhando o 3. Foi até a banca do bicho e recebeu o valor correspondente ao prêmio que lhe caberia se realmente tivesse acertado.

Parecia um plano perfeito, mas o golpe era de um primarismo espantoso. O bicheiro local confere o resultado e quando o valor não é muito elevado, paga os ganhadores de sua banca local, mas a seguir os talões são enviados para a "compensação", onde são feitas as conferências e realizada a prestação de contas do bicheiro local. Lá se confronta a via do apostador ganhador com a via bicheiro.

No dia seguinte o bicheiro encontrou Noel na padaria da Rua Amanajó, em frente ao ponto final do ônibus 393. Pegou pela gola da camisa e praticamente arrastando levou Noel para a calçada ao lado da banca de jornal e disse:

— Me dá a porra do dinheiro que você me roubou, seu filho da puta.

— Eu dou, eu dou — dizia Noel completamente abatido com a forma firme e contundente como o bicheiro falava.

— Eu tenho que ir lá em casa pegar, aqui eu só tenho uma merreca — complementava Noel em tom de súplica.

— Me dá o que tem aí e você vai me levar o restante até as cinco da tarde lá no ponto, senão eu vou atrás de você até embaixo da saia da sua mãe, e vou fazer um xis com a navalha na sua testa para todo mundo dizer: aquele ali pensa que é malandro, mas é um tremendo otário, esbravejava o revoltado escrevente do jogo do bicho da Rua Volga.

Assim era o Noel, líder inconteste em várias atividades do grupo de garotos da Rua dos Limadores, como o time de futebol, os passeios de sábado à noite e as brigas de gangue, mas às vezes vacilava feio, como no caso da tentativa de enganar os contraventores. Justo ele, jogador compulsivo que conhecia tanto as regras do jogo do bicho.

O retorno foi bastante silencioso e ao chegarmos na esquina da Rua Limadores nos dispersamos. Eu estava mais chateado que os outros, pois além de ter começado aquele massacre de um inocente, eu havia tomado a frente para me autodesculpar pela briga que não briguei, com Nei e Geraldinho, semanas antes. Resultado: ao invés de me sentir redimido, me senti duplamente culpado.

A vítima era meu colega

MAS ESSA HISTÓRIA NÃO ACABA AÍ. Na semana seguinte, no pátio do colégio Daltro Santos na hora do recreio, vejo um menino com o braço na tipoia e com inchaço no lado esquerdo do rosto. Não há dúvida, é ele. Me aproximei lateralmente para saber da extensão dos estragos causados pelo ataque covarde que eu iniciei contra, agora sei, um colega do colégio. Constatei, ligeiramente aliviado, que os ferimentos pareciam não ter sido tão graves: o inchaço no rosto não cobria a vista esquerda, local mais atingido, e a tipoia no braço parecia um curativo caseiro, sinal de que não foi necessário socorro em hospital.

De forma dissimulada contornei o local onde ficava o consultório do dentista da escola e retornei pela lateral da quadra de esporte para ver e ser visto por ele frente a frente. Queria que se o menino fosse me reconhecer, então que acontecesse logo. Olhei fixamente para o rosto dele, mas sua reação foi um olhar breve e distraído, sem sequer alterar a passada lenta com que caminhava.

Ao contrário, eu é que passei a lembrar um pouco mais dele: era aquele menino calmo que ficava sentado no banco de concreto próximo da cantina e quase nunca frequentava as rodinhas de colegas nos intervalos das aulas. Soube que se chamava Ernesto. Éramos da mesma série, mas de turmas diferentes, de modo que só nos encontrávamos nas aulas coletivas de Educação Física do professor Zé Nilton ou do professor Parreira, este último já preparador físico do Fluminense e depois preparador físico e técnico da seleção brasileira e de vários clubes de futebol

Lembro de vê-lo fazendo os exercícios físicos orientados pelos professores, mas não lembro de tê-lo visto nos jogos de vôlei, basquete ou futebol de salão que aconteciam depois dos exercícios.

Preciso me redimir

RESOLVI QUE IRIA SER SEU AMIGO, e no momento certo falaria do que aconteceu e lhe pediria desculpas. Não era tarefa simples, pois ele era muito tímido e não se aproximava muito das pessoas. Eu, além de não ser nenhum craque na arte de fazer de amigos, ainda tinha que aproveitar o pouco tempo que poderíamos estar no mesmo local: pensei em sentar-me ao seu lado no banco do pátio e puxar papo, mas ali era um local muito barulhento na hora do recreio.

Tive então a ideia de acompanhá-lo na saída escola. Encostei ao seu lado e disse: "Ernesto, você mora lá perto da praça Guaicurus, não é?". Antes de qualquer resposta falei que estava indo lá para a Rua da Fábrica e perguntei: "posso ir contigo?". Ele respondeu "tudo bem", com um jeito de quem está meio incomodado, mas sem oferecer uma resistência mais forte ao pedido. Me apresentei e disse que era da turma 403. Disse que estava preocupado com a prova de português, que sabia que a professora Denise reprovava muita gente, que foi a matéria que eu mais estudei no primeiro bimestre, mas mesmo assim tirei nota baixa. Como ele apenas ouvisse, ainda que mostrando atenção, resolvi fazer mais perguntas para tentar aquecer o papo. "E lá na sua turma, o pessoal está bem em português? ". Deu certo. Ernesto começou a falar o que já era de se esperar: que na turma dele todo mundo também se deu mal, que só dois alunos tiraram nota maior que sete, que ele também se ferrou etc. O papo fluía tão bem que até pensei em convidá-lo para estudarmos juntos para a prova da matéria que tanto temíamos, mas achei um pouco precipitado. Chegamos rapidamente na esquina da Rua dos Estampadores com a Rua da Fábrica. Dei tchau e dobrei à esquerda. Ele acenou com a mão e seguiu em frente, com um tímido sorriso no rosto.

Passados dois dias daquele primeiro contato procurei o Ernesto novamente no pátio do colégio e o convidei para assistirmos o jogo de futebol de salão do time do Daltro Santos contra o time do Colégio Leopoldina da Silveira, que aconteceria naquela noite na quadra do Bangu Atlético Clube. Sabia que ele não era nenhum aficionado por esporte, mas os jogos do time da nossa escola sempre mobilizavam os alunos. Ele titubeou, fez cara de que não estava muito afim, mas eu insisti: "vamos lá cara, vai ser legal. Tem gente pra caramba que vai assistir ao jogo, e se o nosso time ganhar fica perto da final do campeonato".

Sem muito entusiasmo ele aceitou. Marcamos às sete e meia na entrada do Bangu. Meu plano era muito simples: o jogo deverá ser empolgante, se o nosso time ganhar provavelmente vamos ficar bem descontraídos. Aí depois da partida voltamos juntos e, no caminho do clube até a rua dele, eu confesso a minha participação na agressão que ele sofreu.

E assim foi: quadra lotada, muita vibração, e no final, vitória nossa. Saímos do clube e fomos direto ao bar da esquina da praça da igreja comprar uma Coca-Cola. Estávamos com a garganta seca, mas nem cogitamos comprar lá dentro do clube porque sabíamos que era bem mais caro. Seguimos pela Rua Santa Cecília e fomos conversando sobre coisas do jogo que havíamos assistido.

Logo após a primeira quadra respirei fundo e disse: "Ernesto, eu fiz uma puta sacanagem contigo. Aquela agressão que você sofreu no parque da praça lá perto da sua casa, quem começou fui eu". Ele deu uma parada, depois um passo lateral se afastando de mim, e com o olhar ora triste, ora indignado, mas em nenhum momento demonstrando ódio, perguntou: "por que você fez isso?". Contei a história toda, devagar e com todos os detalhes. Pedi muitas desculpas. Disse que só o reconheci lá no colégio, pelos machucados no rosto, e que me aproximei dele nos últimos dias porque estava me sentindo muito mal. Falei que o sentimento de culpa só aumentou desde que nos conhecemos melhor e vi como ele era uma cara legal, pacífico. Disse que gostaria muito de ser amigo dele, mas que entenderia se deixasse de falar comigo a partir daquele momento, ou até se ele armasse alguma coisa para se vingar de mim.

Ernesto ouviu tudo calado, parado no mesmo local e à mesma distância, e a maior parte do tempo sem olhar na minha direção. Quando terminei de falar ele saiu vagarosamente sem se despedir. Segui para o lado oposto ao dele na Rua Fonseca, em direção ao Rio da Prata. Naquele momento não tinha a menor ideia do que ocorreria depois, mas saí profundamente aliviado. Senti até um certo orgulho de, mesmo tendo protagonizado uma covardia, um ato injustificável, ter sido capaz de me retratar.

Passamos mais ou menos uma semana sem nos vermos. Eu propositadamente deixei de aparecer nos locais onde ele provavelmente estivesse. Dias depois, saindo do colégio ouvi alguém chamar meu nome: "Jub, espere aí!". Parei, olhei para trás e era o Ernesto. Chegou perto e falou rápido, como quem não quer abrir diálogo, mas apenas comunicar um fato: "aquele negócio deixa para lá. Já passou, está tudo bem". Tive vontade de correr atrás dele para dar um abraço, mas fiquei preocupado em constrangê-lo.

O COLEGA DA ESCOLA E A IRMÃ: ELE AMIGO, ELA AMADA

No time do ginásio

UM DIA, AINDA NOS PRIMEIROS ANOS no Ginásio Thomé de Souza, fui convidado pelo professor Zé Nilton de Educação Física para fazer um teste no time da escola, lá no Campo do Camará. Isso aconteceu pouco tempo depois de um pequeno torneio de futebol de salão entre turmas na quadra da escola, onde ele me viu, e a tantos outros, jogar.

Eu não tinha a expectativa de que seria convidado para treinar no time principal da escola, jogar de chuteiras, disputar o campeonato estadual de colégios, apresentar-me em bons campos e estádios. Não porque achasse que decepcionaria ao atuar na equipe onde jogavam excelentes jogadores, verdadeiros craques, como Marquinhos, Leonardo, Coutinho e um ou outro mais, pois eu reconhecia que também tinha talento para o futebol (um degrau abaixo dos craques, é verdade). Mas porque achava que o time iria ser composto quase exclusivamente pelos alunos maiores, mais fortes, das últimas séries, naturalmente admitidas exceções para os "Pelés" e "Garrinchas" do Ginásio, o que definitivamente não era o meu caso.

Mas dias depois lá estava eu no campo do Camará, com uma chuteira Gaeta emprestada, fazendo teste para a improvável vaga no time do Thomé de Souza. Distribuídos aleatoriamente em dois times, o treino começou com cada um jogando na posição que disse ao professor preferir atuar. Na lateral esquerda pouco participei dos primeiros minutos da partida, seja porque o nosso time quando com a posse da bola concentrou o jogo na parte central do campo, seja porque quando os adversários atacaram pouco usaram o lado direito (esquerdo nosso).

Entretanto, lá pelos trinta minutos, começou a chover e eu senti a adrenalina subir. Os pingos batendo na testa, a água escorrendo no rosto, a fresca umidade do cabelo encharcado trouxeram uma energia adicional. Passei a pedir e a receber mais a bola. Ao invés do passe curto e rápido, passei a carregar mais a bola, fiz algumas tabelas com o nosso ponta esquerda, alguns cruzamentos na área e até arrisquei um chute direto de meia distância que passou bem próximo do travessão. Terminou a primeira etapa do treino.

O futebol é um esporte transparente. Quem joga, ou conhece um pouco, sabe quando se tem um bom desempenho. Poucos minutos, poucas jogadas e já me via e era percebido pelos colegas como um potencial titular do time da escola. Veio a segunda etapa do treino e o professor começou a fazer mudanças colocando novos jogadores e, principalmente, transferindo jogadores de um time para outro compondo nitidamente uma equipe principal e uma reserva.

Em campo novo e complicado amigo

FOI NESSA ÉPOCA QUE FIQUEI MUITO PRÓXIMO do Valdeir, colega de turma que agora como eu treinava para conquistar uma vaga no time de futebol da escola. Mas o fator preponderante para o fortalecimento de nossa amizade foi o fato dele morar na Rua Santa Márcia, logo depois da ponte do Rio Sarapuí, no final da Rua Rio da Prata, um dos caminhos que eu usava para ir ao colégio. É verdade que este não era, até então, o caminho que mais usava, pois exatamente no trecho de rua onde ficava a casa do Valdeir havia uma subida bem íngreme e depois uma descida acentuada até a Avenida Santa Cruz, já próximo do Thomé de Souza. Mas, claro, para ir à escola ou ao treino acompanhado por um colega o caminho ligeiramente mais longo e cansativo não era um fardo tão pesado.

Havia sim um incômodo que os acontecimentos da vida viriam a transformar em uma enorme oportunidade. É que Valdeir sempre demorava muito a aparecer na rua para seguirmos caminho. Ele se atrasava para vestir o uniforme, para arrumar a pasta, para pegar as chuteiras em dia de treino, enfim, se atrasava sempre e por qualquer razão. Quando eu chegava em frente à casa dele eu gritava "Valdeiiir" e ele respondia "já voooou" e aí demorava cinco, dez, às vezes quinze minutos. Eu ficava puto da vida, pois da minha casa até ali eu já tinha caminhado aproximadamente 1,5 quilômetro e ainda teríamos que caminhar mais de um quilômetro até a escola ou ao Campo do Camará e ter ainda de esperar a boa vontade do cara, sem contar o inconveniente de chegar atrasado nos compromissos.

A mãe do Valdeir muitas vezes tentava ajudar falando:

— Filho, vai logo, seu colega está esperando.

— Filho, sua pasta está na cozinha, em cima da mesa, pega e sai rápido para não atrasar ainda mais.

Por causa dessas coisas já estava quase desistindo daquele caminho e da companhia do Valdeir. Até que um dia eu o chamo e a mãe dele diz lá de cima:

— Entra meu filho, o Valdeir não está encontrando as chuteiras e pode demorar.

Uma linda irmã

ABRI O PORTÃO DE FERRO E SUBI A ESCADARIA que levava à casa erguida, em uma espécie de platô, sobre a garagem. Lá, ao empurrar a porta da sala semiaberta, vi pela primeira vez o lindo rosto da Vânia, a única irmã do meu colega. Ela ficou ruborizada porque estava usando uma roupa caseira, meio transparente, que deixava à vista, ou até mais à imaginação, um corpo angelical, ligeiramente magro, bem torneado, com braços e pernas aveludadas de tom rosado. Fiquei paralisado, mas minha mente pedia silenciosamente que ela não se afastasse tão rápido. Ela, meio sem jeito, com uma voz baixa e pausada como quem conta um segredo, disse:

— Meu nome é Vânia, sou irmã dele. Espera aí, tá? Daqui a pouco ele vem — falou mas não se afastou tão rapidamente, de modo que eu pude sair da paralisia e disse:

— Tudo bem, mas dá para você me trazer um copo d'água? — ela abriu um sorriso discreto como quem desconfia que a sede pode ser de outra natureza, balançou a cabeça verticalmente e saiu em passos suaves no caminho que supus fosse da cozinha. Havia algo curioso naquele momento: eu que tantas vezes fiquei chateado com os permanentes atrasos do Valdeir, agora tudo que desejava é que ele ficasse horas procurando as chuteiras. Logo depois, vindo do mesmo caminho que saiu a sua filha, entrou a matriarca da casa e disse:

— Oi meu filho, sou Elvira. Valdeir está revirando o quartinho lá dos fundos. Ele chega e joga as coisas em qualquer lugar, depois quando precisa não sabe onde está. Espera um pouco, mas se demorar é melhor você ir sozinho para não perder o jogo. Vou tentar ajudar. Fica à vontade. Quer alguma coisa?

— Não, obrigado — respondi. Alguns minutos se passaram até que Vânia retorna à sala com uma jarra e um copo nas mãos. Ela não estava mais com aquele tubinho semitransparente. Agora usava uma comportada minissaia e uma blusa de tecido que parecia seda, que caía sobre seu corpo quase modelando os seios adolescentes, pontiagudos e parcialmente à mostra por conta do acentuado decote. Logo que a vi retornando fui tomado por um certo nervosismo. Ela estava ainda mais bonita. Tinha, no mínimo, passado escova no cabelo, que agora parecia caprichosamente penteado. Aquelas roupas, tinha absoluta certeza, não eram de uso caseiro. No meio da fantasia pensei: "ela se arrumou para mim". Não estava mais ruborizada, mas não conseguia esconder uma ansiedade de quem tem pouco tempo para fazer alguma coisa. Ao se aproximar esticou a mão esquerda me entregando o copo e perguntou: "quer água mesmo? Tem laranjada, tem torrada. Se quiser eu pego". Eu respondi: "não, obrigado. Água tá bom". Enquanto ela, com a mão direita, despejava a água da jarra no meu copo, eu gaguejando pelo estresse disse: "quem sabe outra hora a gente não toma um suco ou um refrigerante juntos?". Ela respondeu com uma surpreendente segurança diante do meu evidente descontrole emocional: "está bom, mas será que eu vou ter que esperar tanto quanto você espera meu irmão lá embaixo?". Eu sorri ainda um pouco encabulado, mas já com menos estresse, e conclui a conversa pois intuí que logo o Valdeir se aproximaria e disse: "ninguém merece esperar, mas só se eu fosse louco demoraria a te procurar".

Enquanto Vânia se afastava Valdeir chegou esbaforido, com cara de poucos amigos e falou:

— Não estou encontrando as chuteiras; ou está em algum canto aqui em casa, porque aqui as coisas desaparecem, ou eu deixei lá no campo na terça-feira depois do treino. Você lembra de alguma coisa?

— Não, respondi. Nós voltamos juntos, se você estivesse sem a sacola da roupa suja e da chuteira eu teria notado. Vamos lá logo, pode ser que você encontre alguma chuteira sobrando que caiba em você para te emprestarem. Ou quem sabe, você deixou lá e alguém guardou esperando o seu retorno hoje.

Valdeir, completamente transtornado, resolveu desistir:

— Não, hoje não vou não. Faz um favor: diz lá para o professor Zé Nilton que eu não estou passando bem, mas que não é nada grave e semana que vem eu volto. Respondi "tudo bem" e desci as escadas seguindo o longo caminho para o campo do Camará. Naquele dia o segundo trecho da caminhada foi diferente, não apenas porque estava sozinho, mas principalmente porque não estava concentrado no jogo, elaborando mentalmente jogadas, posicionamentos ou chutes a gol. Naquele início de tarde eu pensava em uma estratégia fundamental, decisiva, tão importante quanto ganhar um campeonato: como conquistar a Vânia?

Na amizade a bola não rola

EU E VALDEIR ÉRAMOS AMIGOS, mas não éramos o melhor amigo um do outro, nem na escola. Valdeir era alto, mais que eu; magro, mas não tanto quanto eu; de pele muito clara e cabelos negros muitos lisos, que ele usava sempre longos para sacudir e pentear com os dedos em flagrante movimento charmoso.

Também tinha uma nítida situação financeira melhor que a da maioria da turma e da escola. Isto não ficava tão evidente porque todos usávamos uniforme, embora um observador atento poderia distinguir os que usavam relógio, cordão de ouro no pescoço, ou até a qualidade do sapato e do tecido da calça e da camisa do uniforme. Mas a evidência de quem tinha mais ou menos recursos acontecia na hora do recreio. O Thomé de Souza, como todos os ginásios e colégios de 2º grau da época, não oferecia merenda. Então o mais comum era o aluno levar na sua pasta o lanche para comer na hora do recreio. O Valdeir e uns poucos alunos compravam diariamente sanduíche e refrigerante na cantina da escola, o que representava um custo elevadíssimo para os padrões de vida médio da localidade.

Naquele período em que jogamos juntos o campeonato de turmas e depois fomos convidados a buscar vaga no time da escola tivemos altos e baixos na amizade. As longas caminhadas de ida e volta ao ginásio diariamente e aos treinos nas tardes das terças e quintas-feiras nos aproximava, mas também produzia atritos.

Uma dificuldade surgiu nos treinos de seleção para o time da escola. No primeiro dia de treino, logo no início do segundo tempo, o professor de educação física e técnico do time me transferiu para o time considerado titular, enquanto manteve o Valdeir no time visto com reserva. Ele sentiu o tranco pois, ao contrário de mim, esperava obter a vaga com facilidade. Ele era um bom jogador, habilidoso com a perna esquerda, driblava com facilidade e tinha um bom toque de bola. No time de futebol de salão da nossa turma ele teve desempenho fenomenal: fez muitos gols, deu passes sensacionais e ajudou na marcação, de modo que foi seguramente o principal responsável por termos chegado tão longe no campeonato da escola, só amargando derrota contra um time da 4ª série e pelo reduzido placar de 2x1. Mas o time de turma é um grupo de cinco dentre vinte e poucos alunos. O time de futebol de campo da escola é formado por onze titulares escolhidos entre as dezenas de turmas dos dois turnos da escola, seguramente mais de quinhentos meninos.

No subúrbio daqueles tempos, em que nove em cada dez meninos era apaixonado e jogava futebol diariamente, imagine a multidão de excelentes jogadores que se podia encontrar em uma escola de mais de mil alunos. Mas havia ainda uma dificuldade adicional para o Valdeir conseguir uma vaga: ele era atacante, mais especificamente ponta esquerda. Se em grandes grupos há craques para qualquer posição, para o ataque a concentração de jogadores geniais era uma enormidade.

Foi por isso que, já na saída daquele primeiro treino, Valdeir passou a me tratar mais friamente. Acho que na cabeça dele passava a ideia de superioridade: era mais bonito que eu e, portanto, fazia mais sucesso com as meninas; tinha mais grana que eu e, portanto, poderia usufruir de prazeres que eu não tinha acesso; e se via como melhor jogador que eu e, por isso, ficava irritado com aquela situação em que eu caminhava para ser titular e ele para a reserva do time do Thomé de Souza.

Eu aguentei o mau humor do Valdeir durante várias semanas, pois eu sabia o quanto era frustrante perder a vaga no time da escola. Mas agora eu precisava fazer muito mais, não podia nem pensar em brigar com ele e ver se fechar a porta que eu precisava entrar para me aproximar da linda e meiga irmã do meu amigo, a Vânia.

Todas as jogadas para conquistá-la

NA MANHÃ SEGUINTE AO TREINO que Valdeir faltou, como de hábito, cheguei na porta de sua casa e gritei o seu nome. Quase instantaneamente a Vânia apareceu na mureta do segundo andar e disse em alto e bom som: "ele vai descer já, já". Na sequência olhou para os lados e para o interior da casa e — em nítido movimento para acercar-se de que não estava sendo vista — debruçou-se sobre a mureta e fez com as mãos um inconfundível gesto de quem está segurando junto ao ouvido um aparelho telefônico em uma das mãos e com a outra girando o dedo indicador como discando o dial dos antigos aparelhos. Fiquei subitamente feliz: desde que a conheci no dia anterior fiquei todo o tempo pensando em como me aproximar dela, como abordá-la, como conquistá-la. Agora vejo que ela já tinha um plano simples: deveríamos falar por telefone e a partir daí tudo se arranjaria.

Valdeir não demorou a descer e estava tão ansioso em saber como foi o treino do dia anterior que nem olhou para cima onde a Vânia acabara de se afastar da mureta. Melhor assim: alguma coisa me dizia que o meu colega de turma não ia ficar muito satisfeito quando soubesse que eu estava flertando com a sua irmã. Fez uma sequência de perguntas: "quem jogou na ponta esquerda no time titular?", "qual foi o resultado do treino?", "quem fez os gols?", "alguém se destacou ou foi elogiado pelo professor?". Fiz um breve relato de todo o treino e ao final disse que sua chuteira foi encontrada no vestiário e que ficou com o zelador que mora na casa atrás do campo.

Seguimos conversando no caminho para a escola, mas minha cabeça só pensava nos sinais emitidos pela Vânia. Não havia dúvida, ela queria que a gente se falasse por telefone. Mas então ela tem telefone em casa: caramba, naquele ano de 1968 isso era algo raríssimo. Nenhum colega ou parente meu de Bangu tinha telefone em casa. Joaquim, empregado e sobrinho do português dono da loja de material de construção, às vezes tirava onda dando o número de telefone para alguma garota, mas o telefone era da loja, um comércio grande. Umas poucas vezes fui com minha mãe à farmácia na Rua Rio da Prata lá perto da Rua Boiobi, onde a proprietária, madrinha da minha sobrinha Katia, permitia minha mãe ligar para marcar consulta no Hospital dos Servidores para o meu irmão Beto que teve paralisia infantil e, durante anos, fez tratamento perto da Praça Mauá, no centro da cidade. Nem os meus primos Carlos, Tony, Gil e Ney, que eram filhos de comerciantes bem estabelecidos — o Seu Antônio, com a quitanda que vendia muito e para muita gente, pois usava o caderninho de anotações para pagamento no final do mês e a Enedina que era dona do aviário que vendia muitos frangos, vivos ou abatidos e ovos aos borbotões — tinham telefone em casa.

Passamos pela guarita da escola onde deixávamos a caderneta e seguimos direto para a nossa sala no segundo andar que acessamos pela larga rampa. Só após o terceiro tempo de aula, na hora do recreio, desci e, ao invés de ir para a área do pátio próximo da cantina onde se concentrava um grande número de alunos ou me deslocar para a quadra onde se juntavam muitos meninos, resolvi ficar nas imediações da sala da diretora.

Eu gostava muito da diretora Mabília, negra linda, esbelta, elegante, perfumada, que a um só tempo inspirava sabedoria, proteção e autoridade. Ela conhecia muitos alunos pelo nome. O meu porque minha mãe, sua fanzoca de carteirinha, de vez em quando me levava até a escola só para encontrar a diretora e perguntar pelo meu desempenho.

Uma outra razão para ser tão conhecido da diretora Mabília, essa nada nobre, é que algumas semanas antes eu e uma dezena de colegas fomos retirados do banheiro pelo inspetor e levados ao gabinete sob a acusação de que estávamos fumando. A evidência de que o grave delito ocorreu era total: a densa fumaça e o cheiro que saia pelas venezianas e até pela porta de entrada do banheiro não deixavam dúvidas. Já a autoria era mais complicada: seria necessário cheirar as nossas mãos e nossas bocas para condenar cada aluno. Dona Mabília não fez isso. Durante quase todo o intervalo no seu gabinete falou sobre os males que o hábito de fumar traz para a saúde, da degradação e da falha de caráter que o vício induz, da oportunidade que a educação proporciona e da escola pública e gratuita que por mérito usufruíamos, mas que era paga por toda a sociedade. Ao final disse que ficaria atenta e, caso se repetisse o ato de fumar no banheiro, ela identificaria os alunos e os suspenderiam por um longo tempo.

Mas eu estava ali próximo ao gabinete da diretora por uma razão específica. Naquela sala, e somente naquela sala, havia um telefone. Evidente que não pensava em fazer uma ligação naquele momento, pois eu sequer sabia o número do único telefone que me interessava saber: o da casa do Valdeir e da Vânia. Passados alguns instantes, andando para lá e para cá sozinho, Dona Mabília estranhou meu comportamento e veio falar comigo:

— Tudo bem meu filho?

— Tudo bem professora — respondi. Ela, com um ar de desconfiada, questionou:

— Por que você não está lá no meio do pátio ou na quadra com seus coleguinhas?

— Sabe o que é professora, eu estava pensando: minha mãe tem estado doente. Se eu precisar a senhora permite que eu ligue para um vizinho lá perto de casa para saber como ela está?

— Olha Jubdervan, este telefone é muito restrito. Eu mesma só uso para falar com a Secretaria de Educação, com diretoras de outras escolas e, em casos de muita gravidade, com professores. Se for uma situação de vida ou morte, eu permito, mas acho que o melhor neste caso é te liberar para ir para casa mais cedo ou abonar a sua falta o dia que você não puder comparecer.

— A senhora tem o telefone dos alunos? — perguntei.

— Não, meu filho. Eu tenho uma ficha de cada aluno no meu fichário, mas lá só tem o endereço e o nome do responsável para que, em emergências, eu possa levar em casa ou pedir alguém para que avise ao responsável para vir aqui. Mas por que essa curiosidade? Que eu saiba, quase ninguém tem telefone em casa.

— É, telefone é coisa muito cara, só sendo rico para comprar — respondi esperando que ela falasse alguma coisa tipo: nem tanto, por exemplo o seu colega Valdeir tem telefone em casa. Mas não foi isso que aconteceu e a minha estratégia para tentar pegar o número do telefone da casa do Valdeir e da Vânia por via indireta deu n'água.

Perguntava-me: "como conseguir o telefone da casa do Valdeir para poder falar com a Vânia?". Como fazer eu já tinha planejado: ligaria em uma hora que tivesse absoluta certeza que o Valdeir não estava em casa, principalmente para não correr o risco dele atender e reconhecer a minha voz do outro lado da linha; ligaria do orelhão em frente à casa do Iberê, usando uma ficha amarrada com linha de pipa ou de costura, de modo que o aparelho não engoliria a ficha e assim poderia falar bastante tempo sem gastar muito; conversaria sobre qualquer coisa que ela quisesse, mas não perderia de vista que o objetivo era marcar um encontro para começarmos a namorar de verdade. É provável que ela tivesse dificuldade para sair certas horas e para se deslocar até certos lugares, então eu deveria pensar em muitas alternativas.

Jogo importante, parti pra cima

NA NOITE DO SEGUNDO DIA após conhecer a Vânia, às voltas com o turbilhão de pensamentos envolvendo o meu mais novo flerte, dei-me conta de que aquela não era apenas mais uma paquera. Adolescentes daquela época e talvez também os de hoje, estão sempre no modo "estamos aí" para as experiências amorosas. Mas sempre soubemos a diferença entre o que é pura libido e o que contém fortes doses de paixão. Era o caso. Eu queria a Vânia, eu queria que ela me quisesse e havia todos os indicativos de que isso estava acontecendo. Minha mente não se ocupou de nada que não fosse ela naquelas últimas 48 horas.

Mas eu não conseguia sequer obter o número do telefone que viabilizaria o contato e daí o namoro. No terceiro dia que passei pela casa do Valdeir a Vânia não apareceu na mureta, o que me deixou preocupado e me fez lembrar sua frase: "será que vou ter que esperar tanto quanto você espera meu irmão lá embaixo?". Então, quando o meu colega de turma desceu e começamos a andar, resolvi partir para o tudo ou nada e perguntei na lata: "qual o número do telefone da sua casa?". Meio espantado, Valdeir retrucou: "como você sabe que tem telefone lá em casa? Foi instalado tem uns dez dias e nem está funcionando direito pois o aparelho está chiando muito e precisa ser trocado. Por isso ainda não falei com ninguém". Calei, por um instante, para ver se ele não me cobrava a razão do meu interesse no número de telefone dele, mas ele insistiu e tive que improvisar: "pô, você não conhece um fio de telefone não? É só olhar no poste que serve a sua casa que você vai ver o fio mais grosso da Companhia Telefônica", falei com completa insegurança pois, embora o argumento fosse perfeitamente lógico, eu jamais havia prestado atenção no poste da casa dele e não sabia nem onde ficava.

Recuperado da primeira "bola fora", resolvi encarar o problema de frente e perguntei na bucha: "sua irmã estuda de manhã ou à tarde?". Ao contrário do que eu esperava, Valdeir não fez uma associação rápida entre minha pergunta e minhas ocultas intenções. Falou que "ela estuda à tarde, entrou este ano para o Daltro Santos" e que "não quis fazer prova para o Thomé de Souza para não estudarmos na mesma escola pois nós brigamos muito".

Hora de partir para o abraço

PRONTO, TUDO QUE EU PRECISAVA SABER foi dito e imediatamente montei mentalmente minha estratégia: "hoje mesmo, no fim da tarde, vou esperá-la na saída do colégio". "Vou levá-la da porta da escola até próximo, mas não muito, de sua casa". "Vai ser muito legal. Talvez a gente até já troque algumas carícias".

Estava tão focado nos meus planos, tão ansioso e esperançoso naquela tarde que não prestei atenção quando Valdeir perguntou se eu iria passar na casa dele para o treino da tarde. Foi preciso que ele quase gritasse dizendo: "vai ou não vai, porra?". "Não", respondi. E mais nada acrescentei até entrarmos na escola e nos separarmos.

Assisti as aulas daquele dia com um déficit de atenção tão elevado que não seria capaz de dizer que matérias foram estudadas. Terminado a última aula do dia corri para a mesa da professora para pegar minha carteirinha e saí voando para casa. Queria me preparar, escolher uma roupa legal, arranjar alguma grana (podia ser necessário) e repassar cada detalhe do plano do encontro. Seria um encontro "casual" com o planejamento mais detalhado que elaborei na adolescência.

Já sabia que o turno da tarde no Colégio Daltro Santos terminava às 17 horas, pois meu irmão Carlinhos estudou naquele horário por muitos anos. Cheguei quinze minutos antes e me posicionei a cerca de 150 metros do portão principal do colégio. Distância segura para ver qualquer pessoa que saísse da escola, mesmo que, previsivelmente, em grandes grupos. Tinha receio de que a surpresa a fizesse ficar arredia, então me preparei para ser visto a uma distância razoável, de modo que por olhar ou por gesto ela me permitisse aproximar.

E assim aconteceu, poucos minutos após o estridente sinal decretar o fim da aula no dia, Vânia atravessou o portão principal da escola ao lado de duas colegas conversando animadamente. Caminhei em uma diagonal que cruzaria com ela poucos metros adiante, mas por sorte ela me viu e rapidamente confabulou com as colegas, o que viria a saber depois, dizendo ter esquecido algo na sala e que precisava voltar para buscar. Recuamos e cadenciamos nossos passos para nos encontrarmos tão logo o fluxo mais intenso de alunos se afastasse.

Cheguei perto dela e trocamos dois beijinhos na face. Ela mostrava alegria pelo encontro e deu início ao diálogo: "que surpresa boa! Você mora por aqui?". Respondi: "não, eu moro no Rio da Prata. Vim aqui para te ver. Valdeir me disse que você estudava aqui no turno da tarde e eu não resisti". "Não acredito que meu irmão ajudou você a me encontrar", ela disse com um ar indignado. Para encurtar esse diálogo introdutório, finalizei: "não é bem assim. Ele não sabe que estamos aqui". Perguntei quanto tempo ela tinha até chegar em casa e, ao saber que até as 7 horas da noite a mãe não se preocupava, propus que fôssemos caminhando até a pizzaria na Rua Ministro Ari Franco, entre a estação de Bangu e a galeria do cinema Matilde. Sorrindo e balançando a cabeça afirmativamente, fez apenas uma ressalva: "só temos que cuidar da hora, né?". Ela me deu o braço e fomos em passos lentos pela Rua Coronel Tamarindo, aproveitando cada um dos cerca de 120 minutos de chamego que trocaríamos naquele dia.

Conversamos muito sobre vários assuntos e, embora eu falasse bem mais que ela, pude saber sobre a sua família, sobre a relação conturbada entre ela e o irmão (disse que Valdeir nunca dava atenção a ela, mas se algum menino se aproximasse, ele logo a levava para casa) e seus gostos e prazeres, dentre eles um muito especial: ela gostava de poesia. Nessa época eu era um aluno relapso, que só estudava quando o risco de reprovação alcançava níveis insustentáveis. Minha leitura estava restrita aos poucos livros didáticos indicados e exigidos pelos professores para acompanhamento das matérias. Na minha casa não havia livros, mas, a bem da verdade, eu poderia ter usufruído mais da pequena biblioteca da escola, na sala silenciosa e bem ventilada onde compareci poucas vezes e ainda assim para descansar e me abrigar do calor excessivo.

Mas agora eu tinha uma namorada linda, terna, carinhosa e que, e eu gostava muito disso, lia poesia. Naquele primeiro dia de namoro tocamo-nos discretamente na caminhada, na pizzaria, abraçados no ônibus no retorno e no beijo às sete em ponto, a uma quadra da casa dela. Combinamos que nos veríamos dois dias por semana, na saída da escola, enquanto arquitetávamos um plano para nos encontrarmos nos fins de semana. Do alto dos meus doze, quase treze anos de idade eu me sentia amando uma menina pela segunda vez na vida.

Parênteses para uma outra paixão

JÁ HAVIA VIVIDO ESSE SENTIMENTO com a Verinha, a minha linda vizinha moradora do lado do terreno de fundos da minha casa e que dava de frente para a outra rua. Desde oito, nove anos de idade, gostava de soltar pipa do fundo do nosso imenso (para os meus pés pequenos) quintal, pois era um bom ponto para ver aquele movimento superintenso de piões e arraias que bailavam e guerreavam nos céus da nossa localidade. De tempos em tempos, olhava por sobre o muro e às vezes me deparava com o visual apaixonante que era a imagem da Verinha lavando seu longo cabelo no tanque na área externa da sua casa. Vestia-se de pijama composto de calça comprida e blusa de manga longa, geralmente nos dias mais frios; de vestido curtinho ou até de baby-doll, nos dias acalorados, sem saber que um grande admirador a espiava naqueles movimentos graciosos e sensuais.

Passei alguns anos até declarar minha paixão e, quando o fiz, já havia perdido a oportunidade de conquistar a Verinha. Talvez tivesse sido mesmo inevitável. Tínhamos a mesma idade — a rigor ela era uns poucos meses mais velha que eu — e, naqueles tempos, as meninas se aproximavam de rapazes mais velhos, às vezes bem mais velhos. Com doze anos de idade e um corpo de adolescente já bastante definido, como se podia ver pelos seios robustos e pelas pernas grossas que ficavam ainda mais sensuais por ela dobrar a saia azul marinho do uniforme do Colégio Infante Dom Henrique até transformá-la em minissaia, que voltava ao tamanho normal somente a poucas quadras, no retorno para sua casa.

Várias vezes fui à casa da Verinha para que sua mãe, Dona Alcina, tirasse as minhas medidas para fazer meus uniformes de escola ou minhas roupas de aniversário ou de fim de ano. Nessas ocasiões minha mãe ficava conversando na sala enquanto a mãe dela dobrava, riscava e alfinetava os tecidos moldando o que viria a ser minhas calças e camisas e nós íamos para a parte dos fundos da casa. Uma noite conversávamos quando eu disse:

— Muitas manhãs eu te vi ali naquele tanque lavando o cabelo. Quando isso aconteceu, eu esquecia a pipa ou qualquer coisa que estava fazendo e só pensava em você. Como você é bonita. Como você é legal. Como eu gosto de você.

Verinha sorriu abertamente, embora sem emitir som, pegou minha mão e me puxou três passos lateralmente nos afastando da porta, encostou seu corpo no meu, passou carinhosamente sua mão direita na minha face esquerda, e disse baixinho:

— Eu percebia que você me espiava e gostava disso. Algumas vezes até demorei mais do que precisava só pelo prazer de estar sendo desejada por você. Mas Jub (maldita conjunção adversativa), eu comecei a namorar o Jorge semana passada. Ele veio aqui em casa, falou com meu pai, com minha mãe. Eu juro que se não der certo é com você que eu quero ficar.

Fiquei frustradíssimo. O calor do corpo e da carícia dela esvaiu-se instantaneamente. Eu conhecia o Jorge, ele era irmão mais velho do meu colega Davi, com quem jogava bola às vezes lá no Campo do Quiruá. Sabia que ele tinha sido liberado de servir o Exército e estava trabalhando no

Centro da cidade. Então, já tinha dezoito anos. Não era justo uma menina de doze anos namorar um homem feito. Como o Seu Maneco, homem tão rigoroso, pôde aceitar uma situação dessas para sua menina? Ou será que é isso mesmo o que ele queria: oferecer sua filha recém-chegada na adolescência a um homem adulto, de modo que ela logo se case, tenha filhos, abandone os estudos e renuncie aos anos dourados da primeira juventude plenos de experiências prazerosas, ainda que arriscadas, e sucumba à morbidez de uma relação conjugal precoce?

É evidente que meu diagnóstico sombrio estava carregado de uma dor de cotovelos sem tamanho, mas não era totalmente desprovido de razão. A verdade é que poucos anos depois, e curiosamente com outro parceiro, a Verinha engravidou, teve dois filhos gêmeos, casou-se e foi morar em Brasília.

Porém, antes desses fatos derradeiros, para meu deleite, em uma noite escura e fria de inverno, quando já tínhamos quinze anos, eu voltava de um bate-papo com amigos, chegando próximo da casa da Verinha, vi-a encostada no poste da Light bem em frente ao seu portão. Disse "oi, Verinha!" e ia passando, mas ela me chamou: "Jub, vem cá". Aproximei-me e ela abriu seu volumoso casaco que a cobria do pescoço aos pés e pediu que eu a abraçasse. Eu imaginei que àquela hora com a temperatura hostil e a rua quase deserta, ela estivesse esperando o namorado e que aquele pedido de um abraço fosse um aceno para que nos tornássemos amigos fraternos, já que eu, propositadamente, por muito tempo, procurei evitá-la. Enlacei comportadamente o seu corpo por entre a roupa e o grosso casaco. Verinha, entretanto, projetou seu corpo sobre o meu suspendendo os calcanhares e com os braços alçados ao redor meu pescoço me abraçou com tanto vigor que parecia que ia me sufocar. Beijou seguidamente meu rosto, minha cabeça, meu ombro e meu pescoço. Depois de algum tempo recuou sua face rosada e imediatamente comprimiu seus lábios aos meus em um longo beijo, finalizado com uma série de selinhos.

Foi um momento mágico. Senti-me nas nuvens, flutuando, com uma felicidade imensíssima, um prazer indescritível de muitas dimensões, sendo a erótica apenas uma delas. Mas não tardou e percebi que aquele era um gesto de despedida. Ficamos frente a frente, em silêncio, com as mãos entrelaçadas e depois de longos minutos ela disse: "eu adoraria que tivesse sido com você". Soltei as mãos dela e respondi tropegamente, antes de me virar e seguir meu caminho: "eu tentei Verinha, eu tentei".

Nova paixão se anuncia

O MEU NAMORO COM A VÂNIA aconteceu pouco tempo depois da minha frustrada investida sobre a Verinha e, naturalmente, anos antes do fatídico encontro de despedida. Foi muito bom encontrar uma pessoa que me encantasse naquele momento, pois precisava disso para acalmar meu coração. Naquele período ensaiei algumas mudanças: deixei de jogar bola todos os fins de tarde no campo do Trabalhador — até porque dois dias da semana eu treinava no time do Thomé e dois dias eu namorava —; deixei de soltar pipa todo momento livre que tivesse e restringi essa brincadeira basicamente às tardes de sábado ou aos períodos de férias escolares; depois de chegar da escola e de almoçar, quando não tinha compromisso, ficava algumas horas em casa folheando o caderno e revisando as anotações de aula, já que, nessa ocasião, não havia mais dever de casa para fazer. Com mais tempo livre, nessa época visitei pela primeira vez a Biblioteca Municipal de Bangu, na antiga casinha da fábrica, na esquina da Rua da Feira com a Avenida Cônego Vasconcelos. A motivação para esse súbito interesse pela literatura era minha namorada: ela gostava de poesia, então eu precisava saber um pouco mais do assunto.

No segundo dia de namoro fomos para a Praça Primeiro de Maio, bem perto do colégio Daltro Santos, porém do outro lado da linha do trem. Havia vantagens e desvantagens em adotarmos aquele local como nosso ponto de encontro, mas a questão decisiva é que ali nos encontraríamos em poucos minutos após a saída dela da escola (usufruindo ao máximo o limitado tempo que dispúnhamos) e, ao final do encontro, podíamos pegar o ônibus no ponto bem em frente. A praça não era um local tão romântico assim, mas ao escurecer um pouco, o movimento de pessoas se reduzia e era possível encostar nas pequenas árvores e trocar beijos e abraços. Além disso, estávamos numa relação clandestina, às escondidas, situação que planejávamos superar e combinamos que faríamos isso com o menor risco possível. Tanto assim que, mesmo já tendo o número do telefone da sua casa, jamais liguei, pois temia que o irmão, a mãe ou o pai atendesse o telefone e estabelecesse alguma relação com os pequenos, mas perceptíveis, atrasos da Vânia na chegada da escola alguns dias da semana.

Conquistando a família

MINHA PRIMEIRA TÁTICA foi fortalecer a amizade com o Valdeir. Precisava da sua ajuda ou, pelo menos, que sua oposição não fosse radical, para oficializar minha relação com a Vânia e assim namorá-la também nos fins de semana. Sem alarde e sem pieguice, passei a elogiá-lo nos pontos mais sensíveis ao seu ego. Falei para ele que, ao passar próximo da rodinha das amigas da Marinete — a mais cobiçada das peguetes da escola —, ouvi uma delas dizer que ele era o seu "sonho de consumo"; falei que achava que ele ia ser o ponta esquerda titular do time do Thomé, pois era o melhor na posição.

O esquema parecia funcionar, mas a melhora não foi tão retumbante a ponto dele abrir a guarda e eu me sentir à vontade para falar da sua irmã. Mas ele me disse algo importante: que seu pai, anos antes, foi diretor do Pedra Branca, o melhor, senão o único, clube de Senador Camará. Não tinha o tamanho nem o prestígio do Bangu Atlético Clube ou do Casino Bangu, mas fazia bons bailes para públicos não muito grandes, patrocinava festas juninas e sediava grandes festas particulares de aniversário de quinze anos e de casamento. Valdeir disse que o pai não ia sempre ao clube, mas, algumas vezes, era convidado para eventos mais importantes e levava toda a família.

Pensei: "se acontecer um evento no Pedra Branca e a família do Valdeir comparecer será uma excelente oportunidade para assumirmos publicamente o nosso namoro". No encontro seguinte conversei com a Vânia. Ela, um pouco reticente, disse que precisaríamos planejar muito bem. Que queria muito poder fazer da nossa relação um namoro firme, constante, que todos soubessem, mas achava que o irmão falaria coisas negativas em relação a mim e os seus pais ficariam em dúvida. Então, concluiu ela, seria melhor que eu me apresente ao seu pai e sua mãe antes que Valdeir soubesse. Ela disse que seu pai faria um monte de perguntas e que ela sabia que eu responderia tudo adequadamente e, ao final, que ele fosse gostar de mim. Abracei-a, beijei-a e disse em tom de brincadeira: "você deve estar gostando muito de mim para achar que seu pai vai aceitar o nosso namoro sem nem chamar o segurança do clube para me expulsar do local".

Toda aquela conversa e reflexão envolvendo o Pedra Branca era porque, mesmo nunca tendo comparecido ao clube, conhecia um pouco da sua história. Coutinho, colega da turma, e Marquinhos, colega da escola, e ambos do time de futebol do Thomé, sempre diziam que frequentavam o Pedra Branca com seus pais. Logo, pude perceber que era um clube bastante familiar, ainda que com eventos abertos ao público, mediante pagamento de ingresso. Também nas grandes festas de aniversário de quinze anos ou de casamento, quando todo o espaço do clube era alugado como casa de festas — que não existia na época — os patrocinadores do evento, com frequência, convidavam a diretoria e alguns destacados membros do clube. Por isso eu acreditava que haveria, em breve, um evento em que o pai da Vânia seria convidado e levaria toda a família. Se, como esperado, no mesmo evento as famílias de Marquinhos ou de Coutinho, ou ambas, também fossem convidadas, eu teria facilmente condições de comparecer à festa.

À espera do "dia D" do encontro com toda família, continuava namorando às escondidas e fortalecendo a amizade com Valdeir, de quem esperava pelo menos que não atrapalhasse na hora "H" da minha declaração de amor a sua irmã. Nos treinos do time de futebol do Thomé, nos momentos em que jogamos no mesmo time, enchi o Valdeir de bola. Privilegiei escandalosamente o meu amigo em relação aos outros colegas embora, nos gols que fez com a minha assistência, primeiro abraçou outros colegas e só por fim me cumprimentou.

Mas, como eu esperava, o dia "D" não tardaria. Marquinhos me contou que foi marcado para dali a duas semanas o aniversário de quinze anos de uma prima dele, que ela estava preparando uma festa para 300 convidados e que praticamente todo o bairro seria convidado e que lotaria o Pedra Branca com colegas e parentes para um dia inesquecível. Insinuei ao Marquinhos que ficaria muito contente em ser convidado e ele logo disse que eu poderia ir com ele.

Na mesma tarde que soube do evento conversei com a Vânia e perguntei se a família dela havia sido convidada. Ela respondeu que não sabia, mas que em festas grandes assim eles sempre eram chamados. Combinamos que, se fossemos à festa, faríamos o anúncio de nossa relação e pediríamos para namorarmos em casa, com autorização dos pais. Ensaiamos algumas respostas a perguntas óbvias que seus pais fariam: "por que namorar tão cedo se são ainda tão jovens? Por que não estudar um pouco mais, completar o ginásio, aproveitar a idade e, depois sim, se comprometerem?". Estávamos perfeitamente afinados. Os finais de tarde de carícias na Praça Primeiro de Maio eram também de conversas sobre nós mesmos, nossas famílias, nossos projetos, nossa vida. Então sabíamos o que dizer e como defender os nossos interesses amorosos, tão intensos naquele momento.

Foi mesmo necessário. Aconteceu a grande festa no Pedra Branca e estávamos todos lá. Cheguei por volta das dez da noite e fui direto para a portaria de entrada onde me apresentei, como combinado com o Marquinhos, como convidado da família dele. Já havia um intenso movimento fora e dentro do clube, mas que seria uma pequena fração do que se veria poucas horas depois. Encontrei o Coutinho e ficamos de pé, próximo da mesa da sua família, apreciando aquele movimento de pessoas bonitas, alegres e muito bem-vestidas. Também a ornamentação do clube estava bem caprichada: muitas luzes na área que circundava o salão, belas plantas assentadas em grandes e vistosos vasos e os jarros de flores naturais muito coloridas em cada uma das dezenas de mesas cobertas com toalhas brancas.

Meia hora depois da minha chegada entra no clube e caminha pelo acesso central o pai, a mãe, o Valdeir e a Vânia. Todos bem-vestidos, mas sem excesso de sofisticação. Minha namorada usava um vestido de cor creme suave, justo na parte alta do corpo e largo a partir da cintura. Ela era graciosa e tinha também uma elegância inata. O pai e a mãe andavam na frente e ele acenava para amigos que via nas mesas próximas, ora fazendo um gesto de continência, ora levantando o polegar da mão direita. Era um homem alto e forte, mas tinha um sorriso fácil e trejeitos simpáticos. Pensei comigo: "daqui a pouco vou encarar esse cara".

Quando passaram na linha da nossa mesa não nos perceberam, pois estávamos a uma distância lateral de mais de cinco metros, em um ambiente já bem cheio de gente. Falei com o Coutinho: "Olha ali! O Valdeir e a família". Coutinho, desavisadamente, gritou na direção do grupo: "fala aí, Valdeir!", no que ele virou-se para o nosso lado e falou alto, mas sem gritar: "oba! Daqui a pouco, passo aí", acenando com as mãos no alto. Nesse momento a Vânia também se virou e me viu de braços erguidos cumprimentando seu irmão. Sorriu suavemente e respondeu ao aceno, que agora fazia para ela, balançando as mãos.

Aguardei uns poucos minutos, que pareceram uma eternidade, e fui para o local onde estava a mesa da família do meu amigo e da minha namorada. Ao chegar, falei primeiro com a Vânia: dei-lhe a mão ajudando-a a levantar-se da cadeira, beijei seu rosto em ambas as faces e mantive minha mão esquerda apertada a sua mão direita. A seguir cumprimentei a Dona Elvira e ela, nitidamente demonstrando um duplo embaraço, querendo lembrar o meu nome e entender o significado de sua filha permanecer de mãos dadas com o colega da escola do irmão, respondeu: "oi meu filho", e virou para o marido e me apresentou: "este aqui é colega do Valdeir da escola e do futebol". O pai, displicente para o que estava acontecendo, perguntou em tom de brincadeira: "E aí, você joga bola mesmo ou é um perna de pau como o meu filho?". Sorri, ensaiei engrenar uma conversar, mas a Vânia se antecipou e disse: "nós vamos ali falar com uns colegas. Daqui a pouco a gente volta".

Nos afastamos da mesa dos pais, nitidamente como namorados: coloquei meu braço direito sobre os seus ombros e ela me enlaçou com seu braço esquerdo, embora naquele momento não tenhamos nos beijado, como fazíamos nas tardes de encontro na saída da escola, uma pequena concessão à prudência. Ela contou que preferiu que eu não falasse naquela hora com o pai dela porque ele estava todo animado, acabou de chegar e estava cumprimentando vários amigos, rindo e brincando com eles, não era hora de falar coisas sérias. Logo ele vai estar mais sereno e aí vamos lá falar com ele, disse ela, como quem pede concordância. Falei que por mim estava tudo bem, mas que a mãe dela já tinha entendido.

Embora a alegação de que nos afastaríamos da mesa para falar com colegas fosse uma mera desculpa, acabou acontecendo mesmo de encontrarmos conhecidos. Mais ela do que eu, pois aquele era um local que ela frequentava e eu estava indo pela primeira vez. Defrontamo-nos com alguns conhecidos e, naturalmente, paramos para conversar. Colegas do bairro (vários) ou da escola (uns poucos) que nos viam naquela posição típica de relacionamento amoroso, ainda assim não deixavam de perguntar: "Vocês estão namorando?". A todos confirmávamos dizendo sim, sorrindo, balançando a cabeça afirmativamente ou trocando um afago ou um beijinho na frente do curioso.

Passeamos longamente por toda uma ala do clube, até que nos defrontamos com o primeiro teste da noite. Em uma rodinha de jovens ouço a voz do Marquinhos, amigo da escola que, diante do meu explícito pedido, convidou-me para aquela festa, dizer: "Jub, vem cá!". Ao lado dele estava o Valdeir, irmão da Vânia. Nos aproximamos de mãos dadas e, com o ar de espanto, Marquinhos indagou: "eu não sabia que você iria trazer sua namorada". "A história é um pouco mais complicada, mas foi por causa dela que eu insisti para que você me convidasse". E continuei falando: "essa menina linda é minha garota e é irmã do nosso colega aí". Valdeir, que até então estava calado olhando fixamente para a irmã, questionou: "papai e mamãe estão sabendo disso?". Tomei a palavra para dizer: "vão saber daqui a pouco. Estamos aqui para isso". Pensei que o diálogo iniciado com Valdeir fosse criar algum atrito, mas o Marquinhos resolveu brincar e provocou: "quer dizer que o Valdeir é seu cunhado, né? Por isso que você enche o cara de bola para ele ganhar vaga no time do Thomé, né? Assim até eu!". Valdeir entrou no clima e a conversa tomou o rumo da gozação: primeiro olhando para mim falou: "porra, o cara é foda! Foi lá em casa um único dia e já pegou minha irmã". Eu ainda sorria, quando Vânia entrou no jogo e disse para o irmão: "é que você fazia Jub esperar tanto, que deu tempo para planejarmos a nossa vida inteira". Aproveitei aquele momento bom, descontraído, e falei com meus colegas que iríamos continuar passeando pela festa.

A hora da verdade

FOMOS ATÉ LOCAIS LOTADOS, até áreas menos cheias e até a alguns cantinhos meio desertos, para nos acariciarmos com mais liberdade. Depois assistimos o cerimonial e a valsa e então seguimos para a mesa da família para falar com os pais dela. Ao chegarmos, logo percebemos que a Dona Elvira havia falado alguma coisa com o seu marido: ele estava menos descontraído e nos olhava com um grau de atenção que parecia nos avaliar. Sentei e ele perguntou algo que já sabia: "você é colega de escola do Valdeir?". Iniciei com a resposta e desandei a falar o que já tinha ensaiado:

— Há dois anos estudamos na mesma turma, jogamos futebol de salão na escola e treinamos futebol de campo juntos, mas eu queria falar com o senhor é sobre a Vânia. Eu passo quase todo dia na porta da sua casa para pegar o Valdeir e irmos juntos para o Thomé ou para o campo do Camará. Um dia ele estava demorando para encontrar o material de jogo e a Dona Elvira me convidou para entrar. Eu conheci a Vânia e fiquei muito interessado nela. Descobri onde ela estudava, fui atrás dela e começamos a namorar. Estou gostando muito dela e acho que ela também gosta de mim, então a gente quer namorar com a autorização de vocês e não só na saída da escola, mas todo tempo que nós pudermos.

Ele ficou em silêncio por um momento e a seguir perguntou à Vânia:

— E você, por que não falou logo com a sua mãe? Ela disse que você tem chegado tarde da escola, é por isso? Você não acha que é cedo para começar a namorar?

Mais uma vez fiquei encantado com a minha namorada: ela com serenidade, com firmeza e demonstrando claramente para os pais que tinha grande apreço por mim, falou:

— Pai, eu estou muito contente com meu namorado: ele é atencioso, carinhoso, me respeita e gosta de mim tanto quanto eu gosto dele. Somos novos, mas não somos mais crianças. Já estamos no ginásio e quase todas as minhas amigas já namoram. Jub é uma pessoa conhecida, é uma pessoa legal. Nós queremos nos encontrar lá em casa e aí não me atraso na volta da escola.

Nossas falas e nossos argumentos foram tão incisivos e tão afinados que a mãe interveio na conversa e, olhando para o pai, falou:

— Deixa esses meninos. Eu fico de olho neles. Ninguém sabe se isso vai em frente ou se é fogo de palha.

O pai, após uma longa pausa coçando a testa, sentenciou: "vou dar uma chance para vocês, olha lá o que vocês vão me aprontar". E olhando para Dona Elvira complementou: "fica de olho hein, não pode nem pestanejar".

Foi muito bom, mas foi

FICAMOS JUNTOS QUASE DOIS ANOS, uma eternidade para tempos adolescentes. Houve, é certo, pequenas interrupções por desentendimentos, especialmente nos períodos de carnaval: suprema heresia para um folião como eu, ela não brincava carnaval. Aceitava passear no centro de Bangu, desde que longe dos blocos e afastada da muvuca. Mesmo com o carinho enorme que tinha por ela, era impossível conciliar sem fantasia, sem as noites de baile no Bangu Atlético Clube e depois no Casino, sem os confetes e serpentinas do reinado do Momo.

DAS BRIGAS DE MÃO AOS MALANDROS DE NAVALHA

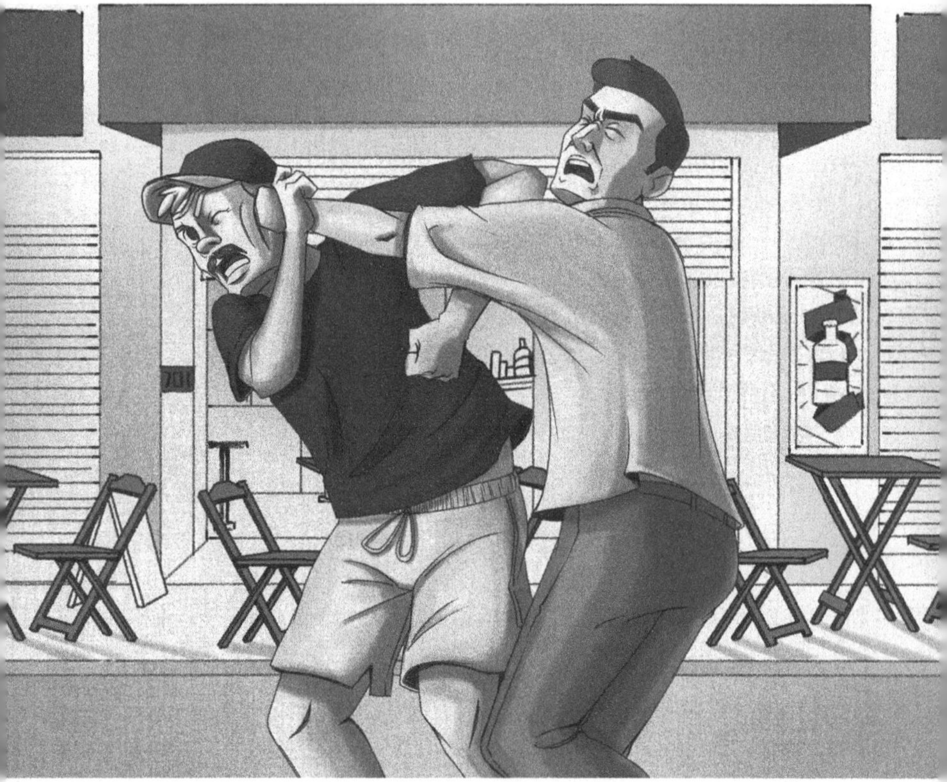

A tradição de sair no tapa

NOS ANOS 1960 AS BRIGAS DE RUA entre os meninos eram muito frequentes, mas não eram raras as brigas entre homens, aqui se referindo àqueles maiores de dezoito anos que já trabalhavam e tinham responsabilidades diferentes das crianças e adolescentes do bairro.

Muitas dessas brigas aconteciam nos campos de futebol, no calor da competição preferida e praticada por nove em cada dez moradores do bairro. Uma sarrafada no atacante, uma sola maldosa no craque do meio de campo, uma cotovelada desleal no goleiro, tudo isso poderia gerar uma briga entre um jogador e outro, entre jogadores de um time e jogadores do time adversário, ou até entre torcedores dos times rivais. Também não eram raras as agressões aos juízes das partidas, por exemplo em função de um pênalti considerado mal marcado.

Havia brigas por mulheres com muita frequência quando um sujeito assediava a mulher do outro. Mas também aconteciam brigas nos bares, nas feiras, antes, durante ou ao final dos bailes no Casino e no Bangu Atlético Clube, pelos mais diferentes motivos.

Algumas pessoas brigavam eventualmente, mas haviam os brigões habituais. Isaías era o mais conhecido deles na nossa localidade. Contraparente de Doda e, como ele, um negro retinto, alto e forte, Isaías trabalhava tirando areia do rio Sarapuí, colocando na sua carroça e vendendo na loja de material de construção da esquina da Limadores. Às vezes fazia frete entregando sacos de cimento, tijolos e outros materiais de construção cujas quantidades não justificavam o uso do caminhão da loja.

O problema dele é que bebia desbragadamente todas as noites e sempre provocava alguém até acontecer um confronto. Também impressionava pelo fato de que, mesmo cambaleante pela exagerada ingestão de álcool, raramente perdia uma briga, pois tinha uma força e uma resistência que o tornava quase imbatível e ao fim impunha ao adversário uma surra humilhante.

Isaías era uma pessoa de dia e outra pessoa completamente diferente à noite depois que começava a tomar as suas cachaças. Quem o via passar conduzindo sua carroça vagarosamente, indo ou vindo do rio Sarapuí ou da loja, cumprimentando de forma quase reverencial as senhoras e senhores que encontrava no caminho, acenando ou até dando carona para os meninos ao seu lado no banco da carroça, com uma humildade quase depressiva, não podia reconhecer o Isaías lá pelas sete horas da noite, depois da terceira ou quarta dose no botequim.

As brigas do Isaías não eram causadas por situações normais, de pessoas que não se gostam, ou que se desentendem casualmente ou que trazem guardadas algumas rixas que em algum momento afloram. Não, o Isaías bêbado era um provocador implacável, quase impossível de se desvencilhar.

A vítima é o playboy

CERTA VEZ TATÁ, um jovem forte, alegre e divertido foi sua vítima. Chegou no bar da Rua Rio da Prata esquina com a Rua Ceilão para tomar uma cerveja. Provavelmente estava satisfeito com os ganhos que obtinha no trabalho, já que era um vendedor bem-sucedido, remunerado com base no volume de suas vendas. Aquele era o talento do Tatá: bastava conversar uns poucos minutos com ele para ficar convencido das coisas que falava. Ele não era aquele vendedor chato que quer lhe "empurrar" um produto. Ele falava e ouvia com atenção, contestava de forma sutil e delicada aquelas opiniões que não o interessavam e realçava aqueles aspectos que lhe provinham. Quase todo mundo gostava do Tatá, exceto aqueles que viam na sua elegância arrojada para os padrões locais que seus ganhos lhe permitiam um acinte aos moradores do bairro.

Pois foi exatamente a partir das roupas usadas por Tatá que o Isaías começou a provocação.

— Você não tem vergonha de usar essas roupas de veado não? — falou Isaías do canto do balcão junto à parede lateral.

Tatá, que conhecia esse tradicional comportamento do Isaías, da ponta oposta do balcão onde repousava sua garrafa de cerveja e seu copo, resolveu brincar:

— Eu não, você não acha que estou linda? — disse Tatá fazendo um trejeito caricatural dos homossexuais. E depois, sério, complementou:

— Nada disso Isaías, é o jeito que gosto de me vestir. É moderno.

A fama de Tatá era bem ao contrário do que imaginava Isaías. Conhecido como grande paquerador, já havia namorado várias belas meninas da região. Mas para o alcoolizado provocador isso não valia nada e assim voltou ao ataque:

— Detesto veado, deviam morrer de tanto tomar porrada.

Tatá não deu mais resposta, virou-se para o lado de fora e deu alguns passos em direção à borda do bar como quem espera a chegada de um amigo.

Foi então que o Isaías, aparentando caminhar para o banheiro, parou atrás do Tatá e enfiou violentamente o dedo médio na calça na altura do cu. Surpreso, o agredido virou-se rapidamente e com o braço direito atingiu o rosto do negro Isaías. Nitidamente foi um movimento mais para afastar do que para socar.

Mas era tudo o que o Isaías precisava e desejava para começar a brigar. Logo deu um soco por trás na altura do cangote que levou o elegante jovem a catar cavaco até a calçada do estabelecimento. Tatá levou alguns segundos para se recuperar e ainda tentou evitar que o confronto continuasse. Manteve uma distância segura andando de um lado para outro enquanto dizia:

— Você é maluco, eu não vou sujar a minha mão com você.

Mas mesmo cambaleante e com um olhar de peixe morto, Isaías não continha sua provocação:

— Vou te encher de porrada e depois vou enfiar a garrafa de cerveja no seu rabo.

Tatá era uma pessoa forte, de boa estatura, tronco largo, braços e pernas robustas moldadas nas muitas voltas ao redor do campo e nos exercícios com peso que costumava fazer lá no campo do Quiruá. Mas aquele cuidado com corpo não estava direcionado para brigas, era um esforço para cuidar da saúde e, sobretudo, embelezar-se para facilitar as conquistas amorosas. Era um sujeito pacífico, risonho e brincalhão, um crítico de seus parceiros de ginástica que ao final dos exercícios treinavam socos e pontapés. Sua personalidade, entretanto, não admitia, como não se admitia na cultura local, covardia.

O pau quebrou

E ERA AQUELA A SITUAÇÃO: Isaías partindo para cima de punhos fechados na altura do queixo ao estilo Mike Tyson e Tatá se esquivando em círculo, à feição de Cassius Clay, o Muhammad Ali, na expectativa de uma improvável desistência de seu agressor ou, mais factível, da interferência de alguém para pôr fim ao conflito.

Mas não foi isso que aconteceu. O jovem empregado e o senhor de meia idade proprietário do estabelecimento sequer se moveram de suas posições atrás do balcão. O último parecia até um pouco aliviado por ver a briga se deslocar para a calçada e à beira da rua e assim preservar os utensílios da birosca.

Os poucos fregueses que se encontravam no local naquele início de noite aglomeraram-se no canto oposto do bar, buscando ao mesmo tempo uma distância segura e um ângulo que permitisse acompanhar o confronto.

Tatá demonstrava um nervosismo cada vez maior, como a reconhecer que sua estratégia de defesa em algum breve momento iria falhar. Poderia simplesmente sair correndo, pois sabia que mesmo que o embriagado Isaías lhe perseguisse, o encalço jamais o alcançaria.

Mas essa estratégia tinha um pesado custo: depois, como explicar aos amigos, às namoradas, aos irmãos e parentes próximos as razões de sair correndo de um bêbado que gratuitamente o ofendeu? Não, isso mexe com a moral de um homem, deve ter pensado Tatá.

O seu rosto largo de pele clara foi ficando ruborizado e seus olhos se esbugalhando num misto de medo e ódio. A tensão também reduzia a sua capacidade de esquivar-se e foi então que Isaías acertou-lhe um soco na face esquerda.

Não havia mais alternativa: Tatá partiu para cima de Isaías, aplicando pernadas e sopapos, sempre mantendo certa distância para evitar que a briga entrasse num agarra-agarra. Isaías levava muita porrada, mas não desistia, pois era esse o seu estilo: resistir até o adversário cansar e então começar a inverter o jogo.

A briga se estendia e Tatá mostrava um semblante desesperado de quem vê suas forças se esgotando de tanto bater e chutar e vislumbrando que aquele negão de rosto já inchado, supercílio sangrando, arranhões nos braços e pernas causados pelas sucessivas quedas, morreria, mas não desistiria.

Passados mais de cinco minutos daquela luta feroz, muitas pessoas que passavam pelo local pararam para ver a disputa: mulheres de todas as idades e homens, em sua maioria idosos, suplicavam, em vão, para que parassem com aquela insanidade.

Nessa altura Isaías conseguiu empurrar o Tatá derrubando-o; jogou-se sobre o rapaz e colocou seu pesado corpo sobre o do jovem e começou a sopapeá-lo cruelmente no rosto, na cabeça, no queixo, em toda parte superior. Tatá não tinha mais força para reagir e apenas tentava virar-se de costas para esconder o copioso choro que jorrava em sua face. Temia-se que aquela situação terminasse em morte.

A salvação veio com a chegado de Dodô, negro forte de bom conceito na comunidade, que agachou sobre os lutadores, deu uma gravata no pescoço do Isaías, rodopiou e conseguiu retirá-lo de cima do Tatá. Ato seguinte, alguns moradores se aproximaram para ajudar o Dodô, caso algum dos brigões desejasse continuar naquela insanidade.

Mas a luta acabou, a turma que apartou ordenou que Isaías fosse imediatamente para casa, o que foi obedecido sem questionamento. A seguir acudiram o Tatá, dando-lhe água, examinando seu corpo e consolando-o.

Assim eram as brigas em Bangu naqueles tempos: às vezes muito violentas, mas de uma certa forma leal, pois raramente os contendores recorriam a facas, garrafas, porretes ou outros objetos para vencer a disputa. O vitorioso era aquele que tivesse melhor braço, perna, fôlego, resistência e coragem.

É certo que, algumas vezes, via-se alguém navalhando alguém, mas aí não se tratava de briga. Era o ataque de um marginal sobre um cidadão. Podia até gerar medo em outros potenciais contendores, mas não gerava honra, coragem ou qualquer virtude ao criminoso armado.

Hoje, nos subúrbios e periferias, praticamente não se vê brigas de homens adultos e não é porque ficamos mais pacíficos e tolerantes, mas porque hoje qualquer conflito pode resultar em confronto com arma de fogo, em morte.

O CARNAVAL EM BANGU

Aquecendo lá e cá

O CARNAVAL ERA UM MOMENTO ESPETACULAR na vida do bairro. Muitos moradores, desde as crianças e adolescentes, passando pelos jovens dos vinte, trinta e quarenta anos, até os homens e mulheres maduros, mobilizavam-se, com bastante antecedência, para os festejos.

Após os eventos de Natal e da virada do ano as pessoas começavam a pensar e a se organizar para o carnaval. Havia blocos que ensaiavam em dias e locais próprios e que iam aquecendo os espíritos para os quatro dias oficiais de folia, a exemplo do Grilo, do Farofa, do Passa a Régua, apenas na região do Rio da Prata. Havia as batalhas de confetes no coreto do lado de cá (Cônego Vasconcelos com Professor Clemente Ferreira) e do lado de lá (Ministro Ari Franco, em frente ao cinema Matilde), além de outros em Guilherme da Silveira, em Padre Miguel e em Realengo. Havia os bailes pré-carnavalescos, alguns famosos e tradicionais, que lotavam o Casino e o Bangu Atlético Clube e havia as conversas e atividades dos meninos pensando nas fantasias de bate-bola, dos adolescentes e jovens escolhendo as bermudas, shortinhos ou contratando as fantasias das turmas e blocos carnavalescos e, quase todos, de todas as idades, fazendo as contas dos preços dos tecidos, dos adereços, da costureira, dos ingressos e do aluguel de mesas no clube.

Minha paixão pelo carnaval começou lá pelos seis, sete anos de idade. Nessa época já me encantava ao ver e ouvir a movimentação dos meus irmãos mais velhos e de colegas deles que chegavam na nossa casa falando animadamente sobre os preparativos para os dias de Momo semanas antes da data do evento.

Os ensaios do Sossega Leão

AINDA BEM MENINO FUI LEVADO ALGUMAS VEZES para assistir os ensaios do bloco Sossega Leão, lá pelos lados do Sarapuí. Era um bloco de rua tradicional. Não atraía muito público aos seus ensaios, mas empolgava bastante por sua bateria vibrante, formada por muitos membros. Eu ficava admirado com a batida dos surdos de marcação, dos surdos de terceira, das caixas de guerra, dos repeniques, pandeiros e tamborins, mas também curtia os efeitos sonoros menos decisivos no desempenho da bateria, como o das cuícas, dos reco-recos, dos agogôs e dos ganzás.

Tinha um componente que eu conhecia porque morava lá perto de casa, chamado Escureba, negro alto e magro, de cabeça pequena e mãos grandes, que tocava um chocalho em formato de cabaça, coberto por um tipo de miçanga colorida que produzia o som por atrito. Ele se destacava não pelo som do seu instrumento, que era relativamente baixo, mas por sua coreografia, por sua ginga, pelo balanço cadenciado de seu corpo enquanto esfregava com ritmo suas enormes e calejadas mãos no instrumento.

Escureba ficou conhecido no bairro também por um drama que lhe ocorreu. Conta-se que desvirginou uma namorada e, recusando-se a casar como exigiam os pais da moça, foi processado, condenado e preso por um período. Mesmo naqueles tempos de grande conservadorismo nas questões de relacionamento amoroso, o que aconteceu com aquele jovem me pareceu muito injusto. Ele não estuprou, não usou de violência contra a mulher, apenas não aceitou se casar com alguém apenas porque com ela teve a primeira relação sexual. Mesmo menino, ainda nos primeiros anos escolares, indignava-me aquela cultura hipócrita que fechava os olhos para as evidentes violências de homens contra mulheres, em casa e na rua, e aceitavam-se as mais cruéis consequências, as prisões, aos que se recusavam a viver maritalmente com quem não desejasse. Desenvolvi uma certa admiração por aquele componente da bateria do Sossega Leão, não apenas por sua arte de dançar e tocar, mas também por sua resistência.

A energia contagiante próxima do coreto

DOS PRIMEIROS ANOS DE CARNAVAL a lembrança mais gostosa que tenho era de passear com a minha mãe, em meio a milhares de pessoas, fantasiadas ou não, pela movimentada Avenida Cônego Vasconcelos, desde a Praça da Fé até próximo ao coreto que, todo ano, era montado na esquina com a Rua Professor Clemente Ferreira, a do portão da Fábrica, perto do depósito de tecidos da Bangu. O som da banda que tocava no alto do coreto empolgava a multidão.

Os foliões se apresentavam sozinhos, em duplas, trios ou pequenos grupos e, quando em blocos, sob diversas formas, e também organizados em blocos de sujo (pequenos grupos sem fantasia própria, que melecavam a si e a quem encontrassem pelo caminho com tinta, carvão, pó de café, batom ou outros produtos). Os blocos de sujo não tinham bateria, embora às vezes alguns membros tocassem toscos tambores, pandeiros e reco-recos, ou mesmo latas, baldes e outros utensílios capazes de produzir som, e seguiam cantando as marchinhas, sambas e outros sucessos da época.

Havia também os blocos das piranhas, com muitos dos seus membros vestidos de mulher, alguns impecavelmente vestidos. O charme do bloco eram os trejeitos com que desfilavam pelas ruas do bairro, piscando os olhos, jogando beijinhos e até abraçando e acariciando os amigos que se iam encontrando pelo caminho. Eles geralmente não cantavam, encantavam.

Outro grupo era o dos blocos de rua ou blocos de empolgação, grupamentos um degrau acima dos blocos de sujo e de piranhas no nível de organização carnavalesca, pois geralmente tinham uma fantasia comum, que podia ser uma simples camiseta ou um chapéu, mas que sempre trazia o nome, as cores e estandarte da pequena agremiação. Os blocos de rua nasciam nas localidades, em uma rua ou confluência de ruas próximas, e ensaiavam pelo menos algumas vezes antes do carnaval. Pequena ou grande, sempre tinham uma bateria digna deste nome.

Minha mãe segurava firme a minha mão quando nos aproximávamos daquele local, por ser muito cheio e agitado. Seguíamos pela calçada lateral até cerca de cinquenta metros do coreto. Invariavelmente ela encontrava amigas de sua idade, quase sempre acompanhadas de filhos. Nesses momentos entabulavam uma conversa breve, o que permitia a mim e aos filhos das colegas nos aproximarmos, ainda que com medo, dos Clóvis, Palhaços, Carrascos, Diabinhos e outros foliões fantasiados que transitavam pelo local. Às vezes voltávamos correndo para perto das mães quando os temíveis bate-bolas exerciam seu ofício de assustar.

Esses passeios geralmente duravam de quatro, cinco horas da tarde, até sete, oito da noite e eram marcantes também pelo que comíamos. Logo que chegávamos nas proximidades sentíamos muitos cheiros, que vinham das inúmeras barracas montadas na calçada ao longo de toda a rua principal e nas ruas transversais. Cheiro de churrasquinho “de gato” no palito; cheiro de linguiças, salsichas e molhos de cachorro-quente; cheiro de pastéis fritos na hora e de caldo de cana; cheiro de bolinho de aipim e de refrescos de laranja, limão e caju; cheiro de cocada, de quindim e de pé-de-moleque das banquinhas de doces; cheiros de bebidas alcoólicas, como batidas de limão, de coco, de maracujá, de cerveja e de cachaça e até de alguns drinques mais elaborados, como Caipirinha, Cuba Libre e Hi-fi.

Esses produtos eram postos à venda não apenas por tradicionais vendedores ambulantes, mas também por trabalhadores de outras atividades que viam no carnaval uma oportunidade de faturar uns trocados extras. A diferença era marcante: enquanto os primeiros expunham seus produtos em barracas de madeira iguais ou similares às que se viam nas feiras, cobertas por toldos, com toalhas grossas e bem esticadas sobre as bancadas e razoável organização dos apetrechos necessários, os últimos improvisavam sobre caixotes empilhados ou toscas e bamboleantes bancas, onde colocavam seus isopores, mini churrasqueiras, fogões jacaré, copos, talheres e outras tralhas, em flagrante amadorismo comercial.

Na hora que minha mãe chamava para lanchar eu escolhia sempre uma banca de cachorro-quente, onde pedia o de linguiça, não o de salsicha, e refresco de laranja para acompanhar. Ficava atento à preparação e exigia do vendedor que colocasse bastante daquele suculento molho de tomate, cebola e pimentão, de modo que o pão francês ficasse bem úmido e bem volumoso. Desde cedo descobri que o carnaval de Bangu tinha muitos sons, jeitos, cores, cheiros e sabores e eu gostava muito disso.

Os foliões que entraram numa fria

HOUVE UM CARNAVAL em que o primo Jorge, às vésperas do seu casamento, junto com o colega Vital, resolveu vender cervejas e refrigerantes perto da estação de trem, ali na muvuca onde se encerrava o desfile dos blocos pela Cônego. Esperava conseguir um lucro que o ajudasse a concluir as obras da casa que construía nos fundos da casa da mãe, minha tia. Mas Jorge era apaixonado por carnaval e seu parceiro de vendas um exímio e requisitado batedor de repinique nos blocos da região. Só por isso já havia quem duvidasse do sucesso da empreitada.

Mas fato é que no sábado, primeiro dia de carnaval, lá estava a banquinha do primo e seu sócio (com alguma precariedade, produto da inexperiência no ramo) com os vários isopores lotados de cervejas e refrigerantes. A cada bloco que se aproximava do local, Vital aumentava a força das batidas de mão nos isopores fazendo, às vezes, de instrumento de percussão. Jorge se posicionava na frente da banquinha e, de braços erguidos, ensaiava os seus desajeitados passos de sambista amador. Naturalmente, quando o bloco se dispersava, muitos foliões encostavam na barraquinha e pediam as cervejas e refrigerantes, vendidas pelos divertidos dublês de comerciante.

Tudo parecia caminhar adequadamente até que chegou ao local o Farofa Envenenada, conhecido bloco da Rua

Sibéria com a Rio da Prata, onde o Vital costumava brilhar como baterista e Jorge suar a camisa como sambista. Do alto do caminhãozinho de som o diretor da agremiação pegou o microfone e disse aos mais de cem participantes: "nosso bloco arrebentou e não vamos terminar aqui, vamos dobrar à esquerda, passar na frente da creche da fábrica e voltar pela Rua Fonseca". Foi ovacionado pelo grupo e, quando já ia entregar o microfone ao puxador de samba do bloco, olhou para a calçada e disse: "antes de continuarmos gostaria de convidar o Vital para dar uma canja na nossa bateria nota dez". Vital virou para Jorge e, em tom de quase súplica, perguntou: "dá para você segurar as pontas aí meia horinha?". Jorge concordou imediatamente. Mas foi só o bloco voltar a andar e o primo avistou a esplendorosa Julinha, a morena que bem poderia ter sido a inspiradora de Chico Buarque quando este cunhou a expressão "uma cabrocha de alta classe". Jorge ficou agitado. Olhou para um lado e para o outro procurando uma alma caridosa que pudesse tomar conta de sua barraca por um tempinho, mas não encontrou ninguém. Não resistiu, abandonou o pequeno comércio e caiu na gandaia. Julinha não ficaria sem um passista à altura do seu talento.

Horas depois Vital e Jorge se reencontraram no local onde deveriam estar os isopores com as centenas de cervejas e refrigerantes não vendidos. Ao invés disso, uma barraquinha depenada. Nem a toalha sobre a bancada, nem os copos de plástico foram deixados. Um prejuízo monumental, justo numa época em que o primo catava moedinha para concluir o enxoval de casamento. Os sócios meteram as mãos nos bolsos e contaram o dinheiro das vendas efetuadas antes da passagem do Farofa e combinaram: "vamos tomar uma cerveja naquela barraca ali na frente enquanto não chega um outro bloco". Restou uma lição: o carnaval de Bangu não é para amadores, nem no comércio, nem nos blocos.

Fantasiado, zoando do Rio da Prata até a pracinha de Guilherme da Silveira

A PARTIR DOS DEZ ANOS não ia mais para o centro de Bangu com a minha mãe no carnaval. Junto com Doda, Geraldinho, Zé Carlos, João e outros, fantasiávamo-nos de mascarados e saíamos em grupo de nossa rua para longas e divertidas jornadas de foliões.

A preparação começava semanas antes do carnaval. Embora fizéssemos fantasias diferentes entre nós, cuja escolha dependia do gosto e da grana que cada um podia arranjar, planejávamos em conjunto a compra dos tecidos de cetim, das miçangas, das lantejoulas, das máscaras e dos outros acessórios. Alguns faziam a fantasia em casa, quando a mãe, a tia, a avó ou a irmã sabia costurar. Eu tinha o custo adicional de contratar costureira. Apesar das dificuldades financeiras que vivíamos, não era difícil conseguir com a minha mãe o dinheiro para a empreitada. Se tivesse sido aprovado na escola no ano letivo anterior, o que naquela época sempre acontecia, e se não tivesse feito recentemente uma estripulia muito grave, ela sempre dava um jeitinho de me dar a grana.

No sábado de carnaval sempre havia uma certa correria: a fantasia ainda não ficou totalmente pronta; tem que arranjar um outro tênis, pois podem me reconhecer pelos pés; a luva rasgou e assim por diante. Então o primeiro dia de carnaval para nós era o dia do "esquenta", do retoque final nos preparativos.

Domingo sim começava com toda intensidade o carnaval dos meninos mascarados da Rua dos Limadores. Logo após almoço íamos todos com nossas sacolas fechadas para a casa de algum colega que oferecesse o local para vestirmos nossas fantasias, pois se saíssemos de nossa própria casa correríamos o risco de sermos identificados logo nos primeiros momentos da folia. Uma falha imperdoável.

Tudo pronto, pegávamos a Rua Rio da Prata na direção do centro de Bangu e já incorporávamos o espírito de mascarados: passos alargados com movimentos laterais; vozes afinadas ou enrouquecidas; corpos bamboleantes e sacolejando o apetrecho de nossas fantasias (as bolas de bexiga dos Clóvis, os laços de corda dos Carrascos, as buzinas de apertar dos Palhaços e os tridentes dos Diabinhos).

A cada pessoa conhecida que encontrávamos no caminho repetíamos nosso ritual: cercávamos a criatura e com nossas vozes e trejeitos modificados começávamos a zoar:

— E aí Zezinho? Dona Maria continua te dando uma surra todo dia?

— Fala Claudete, você anda tomando Postafen[3]?

Quando a brincadeira era feita diante de colegas de idade próxima, o desafio era, além de não ser identificado, de arrancar sorriso do abordado. Frente a crianças buscávamos assustar, mas tão logo o menino ou a menina demonstrasse um medo muito forte ou ameaçasse chorar, passávamos a

---

[3] Havia uma lenda que Postafen aumentava os seios e a bunda das meninas

mão suavemente sobre suas cabeças e nos afastávamos. Às vezes abordávamos jovens de mais idade e adultos, mas, nesses casos, a zoação era muito mais cuidadosa. Passávamos toda a tarde e até oito, nove horas da noite nessa brincadeira. Saíamos da nossa rua ou das imediações, passávamos horas nas proximidades do coreto e da estação de Bangu, seguíamos até a pracinha próxima à estação de Guilherme da Silveira — onde também havia um animado coreto — e alguns dias avançávamos até a praça da igreja, em Realengo. Depois dessa verdadeira maratona fazíamos o caminho de volta de mais de quatro quilômetros. Chegávamos exaustos, mas felizes, e nos recolhíamos para repetir a jornada no dia seguinte, até a terça-feira de carnaval. Assim foram meus carnavais dos dez aos treze anos de idade.

Brincando o carnaval no Bangu Atlético Clube

AOS QUATORZE ANOS ABANDONEI A FANTASIA de mascarado e vesti a bermuda e a blusa estampada para brincar à noite no Bangu Atlético Clube, onde meu irmão mais velho organizava um grupo de amigos e parentes para pular o carnaval. Eu e minha sobrinha Kátia, os mais jovens do grupo, entrávamos de carona nesse processo. Não nos incluíam nos rateios, nas "vaquinhas" feitas para alugar mesas, comprar bebidas e preparar tira-gostos. Aliás, boa parte das bebidas e comidinhas entravam no clube clandestinamente, amarradas nas pernas e peitos sob as fantasias e roupas largas de alguns membros de nosso grupo, pois o clube insistia em vender a preços exorbitantes os drinques e salgadinhos tão necessários para uma noite de folia. As cervejas e refrigerantes, por ser inevitável, sim, comprávamos lá; mas o whisky, a vodca, o rum Montilla ou Bacardi, levávamos às escondidas.

No carnaval o Bangu Atlético Clube usava os dois salões: o salão nobre, bem na entrada e com a fachada para a Cônego Vasconcelos, e a quadra, um espaço enorme no fundo do clube. Embora fosse possível transitar e brincar livremente em qualquer salão e as bandas que tocavam em um ou outro espaço se equivalessem, o primeiro salão era frequentado majoritariamente pela elite do bairro: os mais prósperos comerciantes locais, autoridades e figuras ilustres da região, dirigentes do clube e seus convidados. A quadra era o local do grande público, da animação mais autêntica, das paqueras e do samba, suor e cerveja.

O Bangu, como chamávamos o clube, era o local de folia para muitos moradores do bairro, mas ainda assim não era para a maioria, que se esbaldava mesmo é nas proximidades do coreto e nos arredores da estação. Para brincar no clube era preciso ser sócio e isso implicava ter que pagar uma mensalidade de valor nada desprezível, durante todo o ano, ou comprar os caros ingressos avulsos para cada dia de carnaval. É certo que para manter o clube sempre cheio, alguns anos o Bangu fez promoções para ingresso de novos sócios com pequenas "luvas" ou concedeu descontos no pagamento das mensalidades em atraso, o que era um bálsamo para as nossas combalidas finanças de folião. Além disso, quando não houve nenhuma forma de incentivo financeiro, há relatos de que sócios inadimplentes produziram em gráficas locais falsos recibos de mensalidades.

O carnaval no Casino Bangu com a Turma do Grilo

AQUELE AGRADÁVEL CARNAVAL DE 1970 foi o primeiro e único que brinquei no Bangu Atlético Clube. É que meus familiares e os amigos deles brincavam no Bangu, mas os meus jovens amigos, em sua esmagadora maioria, preferiam o Casino Bangu e a razão fundamental é que para lá se destinava a Turma do Grilo.

A Turma do Grilo já nasceu grande nos primeiros anos da década de setenta. Formada inicialmente pela união do Grupo do Galinheiro — composta no primeiro momento só por homens — com a Turma da Viúva Virgem — formada só por mulheres —, constituindo-se assim no maior coletivo de jovens de todo o bairro. O Grupo do Galinheiro era assim chamado por se reunir em frente ao aviário que vendia frangos vivos e abatidos na hora, capitaneado pelo primo Nei, filho da dona do estabelecimento, com um grupo de amigos que morava na Rua Limadores, na quadra entre a Rio da Prata e a João de Lacerda, dentre eles Jorge Cavalão e Jair Cocô.

Aquela concepção de Turma de Carnaval era, então, recente. Há muito tempo já havia o hábito de reunir amigos para fazer fantasias iguais e brincar juntos o carnaval, seja nas ruas ou nos clubes, mas a organização de grandes grupos, estruturados com diretoria, nome, símbolo, cores próprias, local de concentração e ensaio, definição de roteiro de apresentação e clube, isso era novo.

A Turma se firmou e se expandiu pela capacidade de liderança de seus organizadores e apoiadores, apaixonados por carnaval. Presidentes memoráveis como Toni, Manelão e Celso Maluco; figuras de proa, como Rominho, Marconi e Carlos Barraco. Talentos especiais como Zulu, puxador de samba chamado de "a voz de ouro do Grilo"; Gracio, craque na confecção de alegorias e Roberto, dedicado e competente Mestre da Bateria. Figurinhas carimbadas, de presença marcante, como Rubens, Zé Carlos, Nelson, Cabrinha, Geraldinho, Nilo, os irmãos Gil e Carlos, Beto Perninha e Zé Preá, Noel e Serginho e tantos outros. Compositores da melhor qualidade, como Simbora, Tan, Rui, Guará, Cema e Ivone. Enfim, por mais que se enumere, sempre faltará nomes que ajudaram a construir essa grande agremiação.

A bateria é um capítulo à parte na história desse bloco especial. A habilidade de tocar um instrumento de percussão e de outras peças típicas de bateria parece ser um dom inato do pessoal que vivia naquelas bandas da cidade. Que o diga Mestre André, o lendário diretor de bateria da Mocidade Independente de Padre Miguel, que comparecia com frequência na casa do amigo Manelão e que, algumas vezes, visitou o Grilo e de lá levou para a grande escola e para grupos de show crias da casa como Luiz Henrique e Ricardinho. Mestre André deixou ainda o legado, por via do seu filho Andrezinho, que em outros tempos comandou a bateria do bloco.

O Grilo era um bloco organizado e competente em todos os quesitos, por isso foi tão prestigiado e vitorioso em desfiles oficiais, conquistando o tricampeonato da cidade do Rio de Janeiro nos anos de 1980, 1981 e 1982, este último sob uma chuva torrencial e aos gritos de "é campeão!", em memorável noite no Boulevard 28 de Setembro, em Vila Isabel.

De tudo se cuidava: fantasia, alegoria e adereços, samba enredo, mas o que o tornava um bloco muito especial era a empolgação de seus componentes e a energia, a graça e o suingue de sua bateria. Impossível não vibrar, emocionar-se mesmo, quando o Mestre Roberto silenciava a quase totalidade dos instrumentos e deixava para o repinique um solo de batida marota, balanceada, cheia de charme, entremeada, às vezes, por pancadões uníssonos de muitas peças. Ao final do show, a batuta do diretor recolocava, a partir dos surdos de primeira e de segunda, todo o conjunto de ritmistas em plena carga sonora, o que irradiava para as mentes, os corações e os corpos dos componentes do bloco uma alegria e uma energia incomensurável.

O Grilo também participava dos concursos pré-carnavalescos, chamados de Banho de Mar à Fantasia, que ocorriam todos os anos em uma praia do Rio de Janeiro. As fantasias eram feitas de papel crepom e se diluíam no mar quando os participantes do bloco, após animado desfile, mergulhavam nas águas da Baía de Guanabara.

À noite o Bloco do Grilo entrava no Casino Bangu com quase todos os seus componentes. Lá, boas bandas se apresentavam e embalavam o alegre carnaval para, calculo eu, quatro ou cinco mil pessoas que lotavam o salão fechado e a área aberta na quadra lateral do clube. Nos intervalos para descanso da banda oficial, os membros do bloco cantavam o samba da agremiação e o que se ouvia era um coro de milhares de vozes animando os incansáveis foliões. Aquele turbilhão de energia era alimentado pelas cervejas e lambretas (coquetel típico do Casino na época), mas também pelo clima de encontro amoroso que impregnava o ambiente.

A estrutura da agremiação cresceu rapidamente, de modo que não dava mais para ficar ensaiando na calçada, em frente à quitanda do Seu Antônio, com a bateria posicionada na área lateral do prédio de dois andares onde morava a Dona Celina, figura muito querida da rapaziada por sua simpatia e por suas comidas deliciosas.

Em 1975, por iniciativa de ativos participantes da Turma, conseguiu-se, junto à Administração Regional da Prefeitura da cidade, a área no final da Rua Rio da Prata, local que viria a ser a sede da agremiação e onde poderiam ser feitos os ensaios em uma boa quadra, para grande número de pessoas, com palco, mesas, cadeiras e bar apropriados para vender bebidas e tira-gostos e, dessa forma, fazer caixa para o bloco. Lá também se realizaram shows e bailes com entrada paga, algumas vezes com artistas famosos, como Marquinhos Satã, Elymar Santos, Jovelina Pérola Negra, Neguinho da Beija Flor e um jovem magro, pouco conhecido então, chamado Zeca Pagodinho.

O Bloco chegou a alcançar a impressionante marca de 3,5 mil membros, bateria de 250 ritmistas e até uma ala de 750 componentes, números superiores aos de muitas Escolas de Samba do Grupo Especial. O bloco também revelou talentos que se consagraram no mundo do samba. É o caso do Wandinho, filho adotivo do Manelão, presidente do Grilo, que se notabilizou como Wander Pires, intérprete de muitos carnavais na Mocidade Independente de Padre Miguel, mas que emprestou e empresta seu vozeirão às mais tradicionais escolas de samba do Rio de Janeiro e de São Paulo.

Tenho uma enorme satisfação de ter participado, ao lado de grandes amigos, dos primeiros anos da Turma, e depois do Bloco do Grilo. O samba de empolgação, obra do Lucinho da Boina, um compositor conhecido pelos que viajavam com ele da estação de Bangu até a Central do Brasil, no trem das seis e quinze, e o viam diariamente batucar nas portas e bancos enquanto cantava sambas-enredos clássicos das grandes escolas do Rio de Janeiro e, vez por outra, uma de suas composições. Minha memória registra, ainda hoje, o momento marcante que foi a música "É isso aí" cuja hermética, enigmática e psicodélica letra foi entoada com muita empolgação pelas centenas de participantes do bloco e dizia:

E isso aí, bicho é isso aí/ Tô com mil grilos na cuca/ Naquela, por tudo que vi/ Parado na onda de bobo/ Ficou bocomoco/ Tirando uma onda de otário/ Na era de aquário/ Curtiu barato/ Deixou cair/ Mas se esquentar a cabeça/ Sua cuca vai fundir/ Cri, cri, cri, cri/ Sua cuca vai fundir/ Cri, cri, cri, cri/Sua cuca vai fundir, é isso aí...

Carnaval para todos

HAVIA UMA CURIOSIDADE NO CARNAVAL DE BANGU que, talvez, não se repetisse em outros bairros e regiões da cidade. É que mesmo aqueles que não brincavam o carnaval, como alguns religiosos de matrizes que viam no reinado do momo uma concessão à libertinagem, um ato pecaminoso, e outros que temiam os dias de folia por conta do aumento do risco de violência, de certa forma participavam daqueles dias absolutamente excepcionais na vida dos moradores. É que na hora H todos saiam para os portões de suas casas (para as ruas principais do bairro, para próximo dos coretos locais preparados pelos próprios moradores com a ajuda do comércio local, ou para o coreto principal do bairro organizado pela prefeitura — este geralmente muito maior e mais bonito que os outros, além de contar com uma banda oficial de qualidade que tocava e cantava as músicas de carnaval) para dar uma espiadinha na folia.

A PAIXÃO PELO FUTEBOL

Tá no sangue

O FUTEBOL ERA A MAIOR PAIXÃO e a prática esportiva mais intensa do subúrbio naqueles tempos. Ainda mais em Bangu, bairro que reivindica, com muita coerência, a façanha de nos últimos anos do século XIX ter dado o pontapé inicial, em nosso país, nesse esporte que conquistou corações e mentes em todo o mundo. Ali, no pátio da Fábrica Bangu, o operário escocês Thomas Donohoe organizou a primeira pelada com a bola que trouxe da sua terra natal.

O futebol está no DNA da nossa gente. Desde muito novinho, no final de ano, eu e a maioria dos meus colegas recebíamos a roupa nova para vestir no Natal e na virada do ano e, quando havia presente, quase sempre ganhávamos uma bola de borracha para jogar futebol. Depois de aprender a andar, aprendi a chutar com a ajuda dos meus irmãos. Chutei dentro de casa: na sala, na copa e na cozinha. Uns poucos anos mais, chutei no quintal, entre as árvores. A seguir, chutei na calçada e, logo, estava descalço no asfalto quente da rua com um bando de meninos de seis, sete anos, batendo as primeiras peladas. E aí, claro, já não mais apenas chutávamos, mas driblávamos, tabelávamos, conduzíamos a bola e fazíamos gols nas balizas formadas no meio da rua pelos dois pés dos chinelos.

Mas era muito perigoso jogar na Rua dos Limadores, pois por ali passava, toda hora, carros da frota de lotaçãozinha pretos, um serviço de transporte de passageiros feito por antigos carros Ford, entre a nossa localidade e o centro do bairro, o que nos obrigava a parar a partida.

Por um curto período usufruí do campo do Pratense, a poucos passos lá de casa, levado pelo meu cunhado, Adalto, em companhia do meu sobrinho, Daltinho. Mas o campo foi fechado e se construiu ali uma escola primária, o que veio a acontecer com outros campos de futebol nos anos e décadas seguintes.

Assim que fomos autorizados por nossos pais e responsáveis ou que nos sentimos seguros para nos afastamos um pouco da frente de casa, passamos a jogar bola nos terrenos baldios.

Nessa época havia muitos terrenos desocupados nas proximidades, mas poucos estavam livres de árvores e arbustos e eram suficientemente planos para jogarmos as nossas peladas. Houve um tempo que combinávamos: "vamos bater uma pelada lá no lote?", maneira que usávamos para falar de um terreno baldio transformado em um campinho, que ficava na própria Rua Limadores, na quadra entre a Rua Rio da Prata e a Rua João de Lacerda, bem em frente à casa do Noel.

A partir aproximadamente dos dez anos de idade, com frequência fui levado para o Campo do Quiruá. Lá assistia os jogos do time que o meu irmão mais velho criou, o Dragões, os disputados jogos dos campeonatos de times da região e, sobretudo, nas tardes de domingo, assistia aos jogos do time do Quiruá, uma espécie de seleção composta com os melhores jogadores dos times de peladas que ali atuavam.

Havia outros tantos campos nas imediações, como o Campo do Fazenda, o Campo do Fonseca, o Rala Coco e o Paez Leme, mas a turma de meninos do qual eu fazia parte adotou e foi adotada pelo Campo dos Trabalhadores.

Craques de diferentes estilos

POR SER A PAIXÃO MAIOR DOS MORADORES e por ser praticado pela quase totalidade dos meninos, dos jovens e dos adultos do bairro, muitos desenvolveram extraordinariamente as habilidades no esporte e viraram craques. Vários se tornaram profissionais, especialmente no Bangu Atlético Clube, embora naquela época o futebol não garantisse a muitos os ganhos milionários que se verificou depois.

Mas as melhores histórias eram as que falavam dos craques das peladas locais: seus estilos, suas personalidades e, para o bem e para o mal, as suas façanhas. O fulano, que fez um belo e decisivo gol contra um time muito superior e decretou a vitória que ninguém acreditava; o beltrano, que bateu o pênalti para fora no finalzinho do jogo e tirou a chance do seu time chegar à final do campeonato; ou o sicrano, lendário goleiro, que numa bola que já se considerava praticamente no fundo da rede fez uma defesa impossível, cinematográfica e que ficou na memória de todos os que assistiram aquele jogo.

Lembro do Eli, conhecido como Eli Neguinho, um jovem baixo, de pernas grossas e uma habilidade diabólica na perna esquerda, que o tornava o terror dos laterais direitos dos times adversários, aos quais incumbia a impossível tarefa de marcá-lo.

Mas Eli era mais do que isso, era um jogador abusado: não lhe bastava ultrapassar o adversário e cruzar a bola para dentro da área onde um colega pudesse cabecear para o gol; ou lançar a bola nos pés de um parceiro chegando de trás em boas condições de estufar as redes do time adversário. Eli tinha o prazer sádico de humilhar seu marcador. Em muitos momentos da partida, mas sobretudo quando o seu time estava em vantagem confortável no placar, ele dominava a bola pela ponta esquerda e partia com seu gingado, quase um rebolado, para cima do marcador. Ciscava sua perna esquerda por sobre a bola para um lado e para o outro e na desorientação que causava no adversário, com rapidez e precisão, passava a bola por entre as pernas do marcador e a retomava do outro lado, para completar a jogada. Com muita frequência, antes de iniciar tal manobra, apontava para as pernas do zagueiro indicando que iria aplicar o humilhante drible e, pasmem, quase sempre conseguia.

Então não era por acaso que Eli era o mais caçado, o que mais sofria faltas violentas e o pivô de frequentes brigas dentro de campo. Não foram poucas as vezes em que, após sofrer verdadeiras agressões de seus adversários, torcedores do Quiruá entraram em campo para bater no agressor e nos jogadores do outro time, em alguns casos, provocando uma confusão generalizada entre as equipes e as torcidas rivais.

Um improvável craque

UM OUTRO TIPO DE CRAQUE era o Aliceu, um negro esguio, de voz pausada e serena, elegante e simpático dentro e fora de campo, de comportamento completamente oposto ao do Eli. Os mais idosos, que acompanhavam os jogos de futebol à beira do campo do Quiruá, sempre se perguntavam: como poderia existir um zagueiro central que cometia tão poucas faltas em todo o campeonato, que poderiam ser contadas nos dedos de uma única mão? Como poderia existir um defensor que nunca chutava a bola a esmo em momentos de perigo, mas que sempre arranjava um jeito de tocá-la para um companheiro do time bem-posicionado? Como poderia existir um beque central que nas bolas alçadas sobre sua área subisse para cabecear com tanta precisão que não apenas afastava a bola da zona de risco, mas a colocava em ponto vantajoso para o seu time? Podia e existia, e seu nome era Aliceu. Aliás, esse craque tinha algumas características muito particulares e raras naquele ambiente de Bangu, na segunda metade dos anos 1960. Primeiro, não era um aficionado por futebol, ou pelo menos não era um "fominha" como dizíamos na época. Algumas vezes foi preciso buscá-lo em casa, em cima da hora, para participar de jogo importante e o encontraram estudando, em plena tarde de domingo, acalentando o sonho de se formar advogado, estudar línguas estrangeiras e entrar na carreira diplomática. Sim, existia um negro pobre, craque na bola e na escola, morador das entranhas de Bangu na longínqua sexta década do século passado que queria ser diplomata. A esmagadora maioria dos seus amigos não tinha uma noção exata da importância da profissão almejada por Aliceu, mas todos reconheciam: ele é muito gente boa, ele merece.

Entre esses extremos em estilo e comportamento, havia um sem-número de jogadores de futebol nas dezenas de times que jogavam nos muitos campos que havia no bairro — nas redondezas da localidade do Rio da Prata havia oito, mas nas décadas de 1960 e 1970 foram sendo ocupados e no espaço foram construídas escolas primárias, restando apenas dois campos — limitando bastante a prática do futebol, esporte que era, de longe, a maior diversão dos homens de Bangu.

Muitos times e muitos torcedores

HAVIA DOIS TIPOS DE TIMES: os times de peladas, formados geralmente em torno de um núcleo de amigos para disputar os campeonatos organizados em um determinado campo ou clube, e os times de cada campo ou clube, uma espécie de seleção, quase integralmente formada pelos melhores jogadores dos times que disputavam os campeonatos. Os jogos dos campeonatos eram disputados aos sábados e aos domingos pela manhã e os jogadores jogavam uniformizados, mas descalços; os jogos dos times dos campos e clubes eram realizados nas tardes de domingo contra outros times do bairro, de outros bairros e até de cidades vizinhas. Os jogadores usavam uniforme completo, inclusive meiões e chuteiras, quase sempre bem novos.

Quando a partida era disputada em casa (no próprio campo), as bordas do gramado ficavam lotadas de torcedores de todas as idades e até de uma não desprezível presença feminina. A identificação com o time local era tão forte que muitos assistiam à partida com grande tensão e explodiam em alegria ou tristeza conforme saíssem os gols a favor ou contra seu time e, ao final do jogo, seus rostos estampavam a alegria ou a frustração com o resultado. Havia até um ou outro torcedor que se oferecia para apostar dinheiro na vitória do time, sempre que encontrava na torcida adversária alguém que viabilizasse a aposta. Algumas vezes os valores envolvidos na disputa eram impressionantemente altos.

Quando o time local visitava o adversário para enfrentá-lo em sua sede também havia muitos torcedores que o acompanhava, tanto mais quanto maior fosse a rivalidade entre as equipes e a qualidade e a tradição do oponente. Algumas vezes alugavam-se ônibus das linhas locais, mas o mais comum, era utilizar o caminhão de algum morador do bairro e apinhar de gente para levar ao local do jogo.

É interessante notar que naquela época todos nós já torcíamos, fervorosamente, pelos grandes times cariocas, como Botafogo, Flamengo, Fluminense, Vasco, América e, no nosso bairro, Bangu. Este último, aliás, contava com uma torcida muito grande naquela região da cidade, formada não apenas pela identificação com o bairro, mas também porque era um clube competitivo, vitorioso. Além disso, havia o fenômeno do "segundo time", em que a esmagadora maioria das pessoas torcia pela vitória do Bangu quando o adversário não era o seu time do coração. Não bastasse tudo isso, muitos ainda eram torcedores fanáticos do time de peladas da sua rua. Eita paixão danada!

AS FESTAS JUNINAS DE RUA

Ensaios de dança e paquera

TODOS OS ANOS A LILA ORGANIZAVA A QUADRILHA para dançar na festa junina da Rua Urucum. Eu e o Dadinho, um amigo muito próximo nessa época, sempre éramos convidados e nos incorporávamos aos ensaios conduzidos pela bonita, simpática e carismática líder da festa caipira. Não era apenas pelo prazer de dançar e a satisfação de participar em posição de destaque da festa junina que atraia tanta gente daquela rua e das ruas ao redor. É que os ensaios, que aconteciam duas noites por semana, durante boa parte dos meses de maio e junho, eram excelentes oportunidades para praticar o nosso esporte predileto, a partir dos treze anos de idade: a paquera.

A brincadeira mobilizava um grande número de pessoas. Desde os primeiros ensaios era possível contar doze, quinze ou até vinte pares de dançarinos, ainda que, como houvesse um maior número de mulheres dispostas a participar da dança, alguns pares fossem formados por duas meninas.

Havia ainda muitas pessoas que iam ao local assistir aos ensaios, ouvir as músicas típicas de festas juninas ou encontrar amigos para bater papo. Isso sem contar os muitos moradores que levavam suas cadeiras para a caçada e lá formavam rodinhas de conversas que ajudavam a compor o clima festivo que se formava em boa parte da rua.

Com a considerável aglomeração de pessoas naqueles dias, para lá se dirigiam também o pipoqueiro, o vendedor de amendoins, o cara do algodão doce e eventualmente alguns outros. Até o razoavelmente distante armazém da esquina da Rua Banguense — um estabelecimento que vendia alimentos essenciais e material de limpeza básico e ainda tinha um balcão na extremidade onde servia cachaça, cerveja e outras bebidas, ou seja, era também um bar — ficava lotado.

Nos primeiros dias de ensaio não havia ainda pares definidos, eles eram formados no momento em que a orientadora nos mandava enfileirar em duplas e, já com a música tocando na vitrola, ordenava que começássemos a dar este ou aquele passo ou coreografia. Mas é claro que meninos espertos como eu e meu parceiro não dávamos chance para o acaso. Acompanhávamos o movimento da Lila e assim tínhamos uma quase certeza do momento em que ela iria dar as ordens para começarmos a dançar, nos posicionávamos ao lado de alguma garota com quem desejávamos flertar.

Dadinho era muito divertido. Falava coisas engraçadas o tempo todo, mas era preciso ficar atento com ele para não cair nas pequenas enrascadas que, às vezes, armava. Certa feita, às vésperas de um desses ensaios, ele pediu para eu tentar formar par com a Graça, uma menina pouco conhecida da gente, pois morava a muitas quadras dali.

Eu não tinha, a princípio, nenhuma objeção em dançar com aquela menina. Ela era ruivinha, de pele muito clara e com sardas no rosto que lhe conferiam um certo charme. Seu corpo era harmonioso, com pernas grossas, cintura acentuada e seios robustos para uma jovem adolescente. Por certo, não havia buscado anteriormente me aproximar dela, mas o faria com gosto se as circunstâncias o permitissem.

Mas é claro que cabia indagar: por que Dadinho estava dando uma de cupido justamente entre eu e aquela menina?

A resposta demorou pouco e veio em etapas: inicialmente ele disse que estava interessado na Thaís, amiga inseparável da Graça, e que isso facilitaria bastante a sua paquera, pois a dupla de amigas se sentiria mais segura em namorar e sair com uma dupla de amigos. A seguir deixou escapar que a menina que paquerava era sobrinha dos irmãos Claudio, Clovis e Cleber, este último conhecido como Gato.

À exceção do Clovis, um reconhecido gente boa do bairro, o mais velho e o mais novo dos irmãos eram conhecidos pelo comportamento antipático e agressivo: Claudio era um jogador de sinuca, com certo talento, que apostava grana alta quando encontrava alguém que topava jogar valendo dinheiro e, ganhando ou perdendo, quebrou vários tacos na cabeça de adversários, assim como teve vários tacos quebrados na sua cabeça. Gato, cujo apelido alguns associavam à habilidade de furtar coisas sem que a vítima percebesse, ainda que não se falasse sobre nenhum caso concreto, era a inconveniência personificada: ao se aproximar de um grupo de pessoas, logo se dirigia aos de menor estatura como tampinha, aos mais gordos como barril, aos negros como fumaça e assim por diante. Vivia metido em brigas.

Então ficou claro: Dadinho queria a minha companhia para a eventualidade de ter de enfrentar um dos irmãos, provavelmente o Gato, quando este fosse tomado pela ira de ver alguém "abusando" de sua sobrinha. Mas parceiro é parceiro, não dava para fugir da empreitada proposta, ainda que calculasse o risco que iria correr.

E vai rolar a festa

A FESTA ACONTECIA, GERALMENTE, nos dois finais de semana consecutivos do final do mês de junho, próxima ao dia de São João, até o início do mês de julho, após o dia de São Pedro. A organização era uma produção coletiva e bem cuidadosa. Fazia-se uma vaquinha para juntar o dinheiro para a compra de papéis, barbantes, cola e outros apetrechos necessários para fazer as bandeirinhas, os balões e as lanterninhas que cobririam praticamente metade da quadra de rua. Também eram feitas as barracas onde se venderiam cachorros-quentes e salsichões, sopas e caldos e, sobretudo, doces como cocada, doce de abóbora, doce de leite, cajuzinho e tantos outros. A ornamentação também era bem trabalhada, com muito bambu verde e folhas de coqueiro, compondo arcos, delimitando a área de dança e de circulação. Finalmente a fogueira, que era montada a uma distância prudente do local de maior movimento de pessoas e que atraia um grupo de pessoas interessadas, a partir de certa hora, em assar suas batatas-doces e aipins nas brasas que se formavam.

O ponto alto da festa era, naturalmente, a dança da quadrilha. Todos nós que formávamos o grupo de dança nos arrumávamos com roupas típicas caipiras: os rapazes com calças com remendos exagerados, blusas quadriculadas e chapéus no estilo dos vaqueiros; as moças com vestidos coloridos por sobre meias longas de cores fortes. Tanto elas quanto eles com carregadas pinturas no rosto: as moças com batons muito vermelhos nos lábios, excesso de pó de arroz nas faces e pintas artificiais feitas com lápis nas bochechas. Os rapazes simulavam cavanhaques, costeletas e bigodes com lápis de pintura preto.

A execução da dança era comandada pela vibrante Lila que, com suas palavras de ordem, definia as coreografias. Os casais e os dançarinos que se destacavam eram aqueles com mais energia, mais graça, mais empolgação, desde que no passo e no compasso das músicas de São João.

Havia festas caipiras em vários locais do bairro. A da Rua Urucum era até uma das mais modestas, embora reconhecida pela animação. Essa tradição se mantém bastante fiel a suas origens até os dias atuais, ainda que a organização da festa nas praças e locais públicos, em muitos casos, tenha se tornado profissional, atividade empresarial com objetivo de lucro.

Encontros amorosos

NO PERÍODO QUE FREQUENTEI ASSIDUAMENTE aquela rua, envolvido com as tardes jogando sueca e as noites de ensaio e de festa junina, ou tão somente passeando com amigos, aconteceram muitos encontros amorosos. Uns relativamente duradouros, como o namoro, se é que podemos chamar assim, com a Irani, com quem troquei carícias algumas vezes durante alguns meses.

O curioso deste relacionamento é que desenvolvemos um código para sugerir um ao outro que estávamos querendo nos afastar das pessoas para ficarmos a sós e namorarmos: cantarolávamos a música Irene, de Caetano Veloso. É que na pequena letra dessa canção se repetia o verso "Irene ri", que quase se confundia com Irani, um chamamento pouco sutil, mas que de imediato acalorava os nossos corpos.

Encontros brevíssimos, como a troca de beijos e abraços uma única vez e por poucos minutos, com a provocante Mariza, menina muita bonita de rosto, que expunha suas grossas pernas, seu bumbum volumoso e seus fartos seios com as minissaias e blusas decotadas que usava.

Encontros casuais, passageiros, mas absolutamente marcantes, como aquele ocorrido em um início de noite de um dia de semana, em que seguia pela Rua Rio da Prata e me deparei com a Zizi descendo do ônibus 918, em frente ao Supermercado Real, com uma bolsa grande e cheia. Ao perceber que me aproximava para oferecer ajuda, Zizi fez uma cara de quem estava carregando um enorme peso.

— Deixa que eu levo Zizi — disse.

— Poxa, obrigado! Você é muito legal — respondeu ela.

Quando peguei a bolsa surpreendi-me: a bolsa estava levíssima, o conteúdo devia ser renda ou espuma, pois fazia muito volume, mas não pesava quase nada. Ela caiu na gargalhada e começou a me sacanear:

— Você é fogo, não perde uma oportunidade para se aproximar de uma garota. Aposto que se tivesse pesado mesmo, no final, ia dizer: carreguei esse peso todo, bem que eu merecia ganhar um beijinho. Caramba! Só pensa naquilo.

Resolvi entrar na pilha:

— Está bom, Zizi. Se bolsa leve não dá direito a beijinho, então toma que esse filho é seu!

— Calma! A bolsa é leve, mas é grande. Ruim de carregar. Eu tenho que levar na casa de uma amiga lá na Rua Tibagi, depois da João de Lacerda, me ajuda aí.

— Tudo bem — falei.

Mas logo me ocorreu: se ela fosse mesmo para aquela rua deveria ter saltado no ponto de ônibus seguinte, que ficaria mais perto. Caminhamos até alcançarmos a Rua Tibagi depois da João de Lacerda e chegamos ao trecho lateral ao Campo do Trabalhador. Essa região, à noite, era muito frequentada por casais que para lá iam namorar, tirar sarro, pois a iluminação era bem fraquinha e o movimento de carros e pessoas era baixo. Então, estava claro, a proposta era um encontro amoroso.

A Zizi era uma menina muito bonitinha, charmosa e sensual. Seu rostinho liso de boneca estampava a todo momento um sorriso maroto. Seu corpo parecia desenho de um artista caprichoso, tal era a simetria das curvas e a proporção dos volumes. Embora bem novinha, chamava a atenção de toda turma de meninos daquela parte do bairro. Ela me encantava, mas nunca me insinuei porque havia namorado a irmã dela e temia que, em caso de insucesso, causasse um transtorno familiar. Isso não valia, é claro, para aquela situação que estávamos vivenciando naquele momento. Eu me sentia convidado, levado, quase desafiado para uma troca de carícias.

Zizi estava com muita vontade de namorar. Coloquei a bolsa no chão, encostei no poste pelo lado virado para o campo, de modo a ficarmos menos visíveis para os que passassem e a puxei com a mão para próximo do meu corpo. Ela não se entregou como quem deseja ser acariciada, ela assumiu o comando das ações. Enfiou a mão direita por dentro da minha camisa, levou-a até a parte baixa das minhas costas e passou a alisar e apalpar aquela região. Com o braço esquerdo enlaçou o meu pescoço e trouxe meu rosto para junto do seu. Nossas bocas se tocaram e longos beijos se sucederam quase sem pausa para respirar. Com energia, nos comprimiu no poste e fez movimentos que faziam com que nossos corpos se roçassem intensamente, desde os seus seios no meu peito até nossos sexos.

De tempos em tempos dávamos uma paradinha naquela brincadeira alucinante para recuperar o fôlego e esfriar um pouco nossos corpos em brasa. Lá pelas tantas resolvi confessar: "eu já tive encontros com garotas bem legais, mas nada nem parecido com o prazer que estou tendo agora". Ela abriu um sorriso largo, mas silencioso. Afastou-se uns poucos centímetros e com as duas mãos levantou a parte da frente do vestido, deixando à mostra as lindas pernas e a calcinha justa que ornamentava aquele corpo. A seguir, aproximou mais uma vez os nossos corpos e voltamos aos beijos. Sentia meu pau duro feito uma pedra recostar-se, ainda que dentro da calça, sobre a região seminua daquele gracioso corpo, até que ela foi adiante, abriu o fecho éclair do meu jeans, enfiou a mão dentro da minha cueca, agarrou o meu pênis e encostou no seu sexo. Foi o meu limite: trêmulo, gemi e ejaculei abraçado àquela linda criaturinha. Após o ato permanecemos agarradinhos por longos minutos antes de nos recompormos. Retornarmos às nossas casas conversando sobre amenidades, nitidamente fugindo da discussão sobre o que acabara de acontecer e com a agradável sensação de estar saciado.

A mudança da família do Seu Geraldo

UM DIA A FAMÍLIA DO SEU GERALDO se mudou da nossa rua e foi morar em Campinho, no bonito conjunto de casas que a Aeronáutica construiu para os seus funcionários, civis e militares. Foi uma perda enorme para nós, amigos de fé do Dadinho e do Geraldinho e que também gostávamos dos irmãos menores Maré, Maria e Betinho.

Sem saber que o mesmo aconteceria comigo dois anos depois, cheguei a pensar: não é justo que os pais, de uma hora para outra, resolvam retirar seus filhos do local onde nasceram e se criaram, onde fizeram amigos, estudaram, brincaram, brigaram e reconciliaram. Mesmo sendo a família do Seu Geraldo uma das poucas da rua que não morava em casa própria; mesmo que a residência que há tantos anos alugava fosse de fundos, praticamente sem terreno livre e relativamente pequena para a numerosa família; mesmo considerando que Seu Geraldo era um antigo funcionário civil do Ministério da Aeronáutica e que seu padrão de vida não era diferente da média dos proprietários da região; mesmo sabendo de tudo isso, fiquei chateado com o que estava acontecendo.

Além do amigo de farra (Dadinho) e do confidente (Geraldinho), a mudança da família do Seu Geraldo levava os mais novos Maré, Maria e Betinho, coleguinhas três ou quatro anos mais novos que só participavam conosco de algumas brincadeiras, mas que eram tidos como irmãos mais novos de toda a turma da Rua Limadores. Foi uma perda enorme, mesmo considerando que de vez em quando eles vinham nos visitar na nossa localidade e que algumas vezes fomos, em grandes grupos, visitá-los em Campinho.

FESTAS DE ANIVERSÁRIO DE QUINZE ANOS

Um inesperado convite

AS FESTAS DE DEBUTANTES eram muito frequentes e badaladas em Bangu naquela época. É verdade que nem todas as meninas tinham o aniversário de quinze anos festejado com as pompas e circunstâncias comuns neste momento de passagem da vida das adolescentes. Eram festas necessariamente caras para muitas pessoas, com vários eventos e requisitos que incluíam a missa, com a igreja previamente contratada e minimamente ornamentada; as roupas especiais, não somente para a aniversariante, mas também para os pais e irmãos; uma ampla área para receber os convidados, com estrutura para preparar e servir uma montanha de bebidas, salgadinhos, bolos e doces (à época, casas de festas ainda eram bastante raras); um local próprio para dançar a valsa à meia noite, com o grupo de quinze casais elegantemente vestidos, que protagonizavam o ponto alto de emoção da festa, quando o jovem rapaz, possivelmente namoradinho, entregava ao pai a aniversariante para o bailado em torno de todo o salão, ao som de Danúbio Azul, a mais clássica das valsas de Strauss.

Muitas famílias faziam um imenso esforço financeiro para dar às filhas essa lembrança extraordinária, mas, ainda assim, eram relativamente poucas as que conseguiam. A primeira festa desse tipo que participei foi da Luciana, uma menina que morava na mesma rua que eu, duas quadras à frente, em uma casa bem bonita para os padrões locais. O curioso é que essa garota estudava no mesmo colégio e no mesmo turno que eu, mas passava por mim e não me dirigia uma palavra sequer. Ela era alta, bem maior que as colegas da mesma idade, bonita de rosto e corpo, mas seu olhar desconfiado e a ausência total de sorriso no rosto diminuíam a sua atratividade. A par disto, tinha uma estampa que impressionava.

Certa vez estava chovendo e ela, como de costume, passou lá na frente de casa em direção ao Colégio Daltro Santos. Eu já tinha desistido de ser amigo dela, pois tinha certeza de que ela me achava um pirralho impertinente. Mas como eu estava sem guarda-chuva, perguntei se ela me daria uma carona. Sem dizer nada, esticou ligeiramente o braço me oferecendo para segurar o guarda-chuva. Cem metros adiante perguntei qual era a turma dela e a resposta foi: "traz o chapéu mais pro meu lado, está pingando no meu ombro". Caminhamos praticamente dois quilômetros sem trocar uma palavra. No pátio do colégio, ao entregar o guarda-chuva, ela disse: "dá uma sacudidela e fecha pra mim".

Pois foi exatamente essa chata, esnobe, que um dia me convidou para fazer parte dos quinze casais no seu baile de debutante. De início desconfiei: deve estar tendo dificuldade para encontrar pessoas para dançar a valsa, pois tem que comprar a roupa (geralmente calça, meias e sapatos sociais pretos e camisa social branca), o que não custava pouco. Mas com uma rápida pesquisa entre amigos comuns percebi que a causa devia ser outra. Alguns colegas nossos estavam frustrados por não terem sido convidados a participar da festa nessa posição de destaque. Convenci a minha mãe a comprar, com ajuda de irmãos, aquele vestuário especial, com um argumento no mínimo temeroso: de que seria convidado para dançar em muitas festas e que, portanto, seria um bom investimento. Com tudo preparado, comecei a treinar a dança de valsa com a minha irmã, determinadas colegas e com primas.

Uma grande festa

NO DIA DA FESTA, TUDO MUITO IMPONENTE: a Igreja São Judas Tadeu, onde foi celebrada a missa, estava com tantas flores que parecia ornamentada para casamento; o pátio da escola O'Higgins, desde a chegada dos primeiros convidados, já estava tomado de garçons e copeiros vestidos de preto, mostrando que houve contratação de um bufê para preparar e servir as comidas e bebidas da festa.

Ainda no início do evento fomos chamados a uma sala separada para, em reunião, definirmos a composição dos casais da valsa. Eu gostei do método, pois mesmo sendo a minha primeira vez, tinha ouvido falar de situações constrangedoras, como o caso de meninas escolhidas pela aniversariante não encontrarem par que aceitassem dançar com elas, ou o contrário, rapazes que não encontravam dama para os acompanhar na dança. Ali não. As garotas e os rapazes em igual número, já devidamente arrumados e preparados, deveriam em poucos minutos formar os quinze pares, sem qualquer discriminação ou preconceito. Houve, é verdade, uma ligeira movimentação de meninos e meninas para formar duplas com os que lhes pareciam mais bonitos e mais elegantes, o que, no fundo, era um disfarce para escolher os de pele mais clara e de roupas mais caras.

Resolvi não entrar naquele jogo. Esperei os que quiseram fazer seleção. Eu dançaria, com satisfação, com a dama que o acaso me destinasse. Fiquei agradavelmente surpreso com o trabalho da aniversariante que, com sua autoridade de dona da festa, ajudava a formar casais, nitidamente minimizando arranjos elitistas. Lá pelas tantas ela traz pela mão uma linda e sensual menina negra e diz: "vocês dançam juntos, tá bom?". De imediato dei o braço para ela e sussurrei no seu ouvido: "quando estivermos dançando, mesmo que eu pise no seu pé, continue girando". Ela sorriu e resolvemos ensaiar um pouco no canto da sala em que estávamos. A seguir fomos juntos para o pátio onde a festa acontecia. Conversamos, rimos e brincamos. Separamo-nos para ficarmos com amigos e depois, já próximo da meia noite, nos juntamos em definitivo para o momento mágico da valsa.

Me achando um pé-de-valsa

NA HORA EXATA O MESTRE DE CERIMÔNIAS pediu ao público que esvaziasse a parte central do pátio, de modo que ali se formasse o salão de dança para dar início à valsa. Chamados um a um, os casais se posicionaram no interior do círculo formado por dezenas de pessoas e, ao som de Strauss, demos início à dança. Comecei um pouco tenso, com medo de errar o passo, mas em pouco tempo ganhei confiança e rodopiava feliz com a minha formosa dama. Dançamos lindamente os longos minutos que pareceram breves e, ao final, nos abraçamos como que agradecidos pela boa companhia e pela performance. Senti vontade de beijá-la, mas os muitos olhares ao nosso redor desaconselhavam. Foi uma festa bonita, animada, marcante para todos os que compareceram, mas especialmente para mim que "debutei" na agradável função de dançarino de valsa em festa de quinze anos.

No dia seguinte, um ensolarado domingo, fui jogar no Bola na Rede. À tarde assisti ao jogo do Quiruá, voltei para casa e não saí mais. Após o banho e o jantar, deitei-me na poltrona e fiquei lembrando dos momentos tão agradáveis daquele fim de semana. Pensei: "tem hora que a gente se sente tão feliz que deveríamos ter o poder de parar o tempo".

Uma mudança muito agradável

SEGUNDA-FEIRA, POR VOLTA DO MEIO-DIA, quando estava uniformizado terminando de almoçar, ouço uma voz gritando: "Jub!". Chego na porta e vejo a Luciana, que diz:

— Vamos andando, está na hora!

A menina que não trocava uma palavra comigo estava me buscando em casa para seguirmos juntos para o colégio. Rapidamente escovei os dentes, peguei o material e saí. Alguns passos à frente ela pediu para eu segurar a bolsa dela um minutinho. Enquanto eu estava com as duas mãos ocupadas, carregando a minha pasta e a bolsa dela, uma Luciana que jamais imaginei existir, atrasou o passo e com sua elevada estatura me enlaçou o pescoço por trás e, sorrindo, disse em meu ouvido: "você pegou a minha colega na minha festa, né?". Incrível! Estava me divertindo com uma nova colega...

AS FESTAS AMERICANAS LÁ EM CASA

Rola bola e rola festa

TIVINHO, MEU IRMÃO MAIS VELHO, apaixonado por futebol e excelente jogador, criou o time de peladas chamado de Os Dragões. O time era formado por bons jogadores (alguns excelentes), mas em Bangu e na região do Rio da Prata naqueles tempos eram muitos os bons jogadores, de modo que se formavam inúmeros bons times.

Os times formados na região se ligavam a um determinado campo de futebol local onde faziam seus jogos e participavam dos campeonatos. A maioria dos times era apenas uma reunião de amigos para a prática do esporte favorito de nove em cada dez homens do subúrbio, mas alguns tinham atividades paralelas. O time do meu irmão, Os Dragões, por exemplo, passou a ser o núcleo de promoção das chamadas Festas Americanas. Essas festas, onde os homens pagavam uma cota em dinheiro para a compra das bebidas e as mulheres levavam os salgadinhos, começaram timidamente com a pequena sala da minha casa fazendo o papel de salão de dança e todo o quintal de local de conversas e paqueras. A iniciativa deu tão certo e atraiu tanta gente que logo surgiu a ideia de fazer um cimentado no fundo do quintal para que o salão de baile ficasse mais amplo e mais visível para todos, além de possibilitar que mais pessoas ouvissem o som da vitrola.

Ambiente, comida, bebida, música e dança, tudo muito caprichado

OS DRAGÕES DEIXAVA DE SER O NOME de um time de peladas mediano que jogava aos domingos no campo do Quiruá, para se transformar em sinônimo de um grupo que promovia excelentes festas. E tudo foi ficando mais bem estruturado: sobre a quadra de trinta e seis metros quadrados estendia-se um paraquedas, menos para se proteger em caso de chuva — porque não adiantaria —, mas para criar um ambiente mais acolhedor para os dançarinos; gambiarras com muitas lâmpadas iluminavam desde o portão de entrada até o fundo do salão de baile, no limite do muro do vizinho da outra rua. Também algumas árvores, como a tamarineira e a mangueira, recebiam lâmpadas que eram postas por entre folhas, dando um charmoso efeito sobre o ambiente. Alguns pôsteres de artistas, de moda e de paisagens eram colocados na parede lateral da casa, na parte interna do muro do vizinho lateral e lá no fundo, contribuindo para a formação de um ambiente *fashion*.

As festas eram, nas palavras da época, um arraso total. Embora existissem organizadores, as festas tinham um clima de produção coletiva e de participação generalizada. As pessoas se sentiam donas das festas porque pagavam as bebidas, levavam os salgadinhos, ajudavam a ornamentar o ambiente e opinavam sobre todas as coisas que envolviam o evento. Por isso, não faltava gente para ajudar a fazer e servir os Cuba Libres, preparados com o apreciado Rum Bacardi carta branca, coca cola, gelo a gosto e uma rodelinha de limão na borda do copo; ou para fazer e servir o desejado Hi-Fi, preparado com vodka, Fanta laranja e gelo. As batidas de coco, limão e o drink Calcinha de Nylon (leite, leite condensado, leite de coco, groselha e cachaça) eram preparadas no dia anterior, para na hora da festa só tirar da geladeira e servir.

A copa e a cozinha da minha casa se transformavam no centro de preparação dos comestíveis da festa. Muitas mulheres traziam os seus croquetes, empadinhas, quibes e pastéis prontos acondicionados em travessas cuidadosamente embaladas em papel celofane ou cobertas por pano de prato, mas com o crescimento do número de participantes da festa algumas moças preferiam trazer os seus salgadinhos semiprontos para fritar ou assar na hora da festa, pois também havia críticas ou elogios para aquelas que apresentassem os melhores quitutes. Ora, as boas festas serviam para muita coisa, e as meninas sabiam disso e se preparavam não apenas para estarem bonitas por suas roupas, seus cabelos bem penteados e suas pinturas, mas também contava ponto os dotes de boa cozinheira sugerido a partir dos salgadinhos que levavam. Não era diferente para os homens: aos quesitos elegância, charme e simpatia, somavam-se os feitos que pudessem ter contribuído para o sucesso da festa.

Na hora da festa eram servidos pratinhos de papelão que continham uma fatia de pernil de porco ou de carne assada, uma porçãozinha de farofa, outra de salada de maionese e outra de arroz. Era o chamado prato americano, típico de festa americana. Mas também eram servidos em bandejas os pasteizinhos de queijo, carne e camarão e os espetinhos de sacanagem (um salgadinho no palito que continha uma rodelinha de salsicha, azeitona, queijo prato e pedacinhos de pimentão e de cenoura) servidos fixados em um repolho coberto de papel laminado, empadinhas e outros petiscos.

A música que embalava a festa era um capítulo à parte na organização do evento, tal a importância que tinha para o sucesso da festa. Lembro que pegavam emprestado e levavam lá para casa um poderoso aparelho de som da marca Telefunken, um móvel grande e pesado com alto-falantes e toca discos moderníssimos para a época. Levavam também os discos LP (Long Play) de vinil de diferentes ritmos: os de *twist*, para os momentos Rock; os de música romântica, para os momentos "só love" agarradinhos; os de padrão gafieira, para os bambambãs da dança de salão, arte muito bem pontuada no *score* das paqueras, além de outros estilos musicais.

Eu aprendi a dançar com a minha irmã Maria Luíza, alcancei o nível "arroz com feijão", suficiente apenas para a dança a dois, sem nenhuma firula, no padrão agarradinhos. Meu irmão Lula, fazendo par com a minha irmã e vários outros casais dançavam muito bem o *twist*, o que me faz pensar que já havia "embalos de sábado à noite" bem antes de John Travolta e Karen Lynn. Mas os campeões da noite eram sempre os estilosos casais da dança de salão. A capacidade de aproximar e afastar a dama, cruzar e recruzar os passos, rodopiar ocupando amplo espaço no salão, tudo em perfeita harmonia com a música, não era e não é para qualquer um.

Festa boa tem porteiro

AS FESTAS ERAM TÃO BOAS e tão concorridas que se fazia necessário um rigoroso controle de entrada no evento. Para isso a solução era o Miro na portaria, ou seja, no portão de entrada da casa. Miro era o apelido de Waldomiro, um negro alto e forte, de sorriso fácil e simpático em que mostrava seus dentes muito brancos, assentados em uma arcada dentária perfeita. Miro conhecia toda a rapaziada do bairro pois, além de ser nascido e criado naquela localidade, era o mais requisitado juiz de futebol das peladas nos campos do bairro.

O que fazia do Miro o juiz predileto e o porteiro perfeito é que ele sabia enfrentar os momentos mais tensos com um diálogo sereno, mas firme, que geralmente evitava conflitos maiores. Entretanto, se acontecesse uma briga, Miro também era o cara certo. Encarava até três com coragem, habilidade e força que o fez famoso no bairro.

Certa feita em um jogo de muita rivalidade no campo do Quiruá, um zagueiro do time local chamado Continental reclamava de cada falta, lateral ou impedimento que o Miro marcava contra seu time. Nervoso e em tom agressivo, durante a partida o jogador várias vezes correu para cima do juiz. Miro acenava calmamente com os braços os gestos relativos à infração marcada e jamais mudava de opinião. Próximo do final do jogo Miro marcou um pênalti contra o time do zagueiro reclamador. Este corre para cima do Miro de punhos fechados, como quem prepara um soco. Levou uma pernada cinematográfica e caiu estatelado no gramado. Na sequência, um parceiro do jogador agressor chegou por traz e deu um tapa nas costas entre o ombro e o pescoço do Miro. Esperava que todo o time, ou pelo menos vários jogadores, partissem para cima do juiz. Não foi o que aconteceu. O que se viu foi o Miro correndo atrás do segundo agressor até alcançá-lo próximo à bandeirinha de corner e bater tanto que o sujeito teve de ser levado ao pronto-socorro para cuidar das escoriações. E quem esperava que diante de uma briga tão grande o jogo tivesse terminado, enganou-se. Logo após sopapear o sujeito, Miro pegou a bola e levou para marca do pênalti, praticamente exigindo que os jogadores voltassem a campo e dessem sequência à partida. Feito o gol, deu reinício ao jogo e completou os cerca de três minutos restantes com a altivez dos melhores árbitros. Os apreciadores de futebol na região, que eram quase todos os homens, diziam que Miro não era tecnicamente o melhor juiz do local, mas era quase sempre o juiz necessário; o que funcionava naquele esporte tão envolvente para o pessoal do subúrbio.

Deixou uma lição que ficou gravada por muito tempo nos campos de pelada do Rio da Prata: em jogo apitado pelo Miro não se bate no juiz. Se for inevitável, apanha-se dele.

As festas do Dragões fizeram bastante sucesso na localidade, mas cessaram em poucos anos. Não sei exatamente o que provocou o encerramento daqueles eventos tão agradáveis, especialmente para mim que tinha quatorze, quinze anos e que participava meio que de "carona" por ser morador da casa. Acredito que os organizadores, jovens de vinte e poucos anos, começaram a se casar — casava-se muito cedo naquela época — e mudaram da região ou deixaram de participar daquele tipo de festa. Ou talvez houve alguma briga nos bastidores, pois a origem do grupo era um time de futebol e essa paixão unia mas às vezes também desunia o grupo.

A FÁBRICA, O BAIRRO E OS HÁBITOS

A origem

BANGU SE TRANSFORMOU EM BAIRRO a partir do momento em que se criou a Companhia Progresso Industrial do Brasil e se implantou no local a Fábrica de Tecidos Bangu no final do século XIX. Foi fundada em 1888, ano da proclamação da República, mas sua construção levou cerca de quatro anos e as operações tiveram início em 1892.

Durante décadas foi a principal atividade econômica da região, não apenas por sua capacidade de geração de empregos diretos para os trabalhadores e seu efeito multiplicador sobre o comércio e os serviços na região, mas também por ter liderado o processo de urbanização construindo ruas, praças, igrejas, escolas, clubes e casas para seus funcionários, além de lotear e vender os terrenos que foram adquiridos por pessoas não diretamente vinculadas à fábrica de tecidos.

A fábrica era uma planta industrial de grande porte, com a produção voltada principalmente para o exterior e teve diversos ciclos de expansão e de retração, em boa medida em função da situação dos países importadores, destacadamente europeus, cuja situação econômica foi bastante abalada pelo menos na primeira e segunda guerras mundiais. A importância da Bangu para a economia interna do país também era reconhecida, como faz prova inúmeras visitas de presidentes as suas instalações e ao bairro.

Minha família e a maior parte das famílias dos meus colegas de infância eram originárias de outras regiões e estados. Meus pais vieram do noroeste fluminense, das cidades vizinhas de Itaocara e Aperibé, nas quais as fazendas onde meus avós foram empregados ou meeiros não davam mais conta de empregar as novas gerações. Os pais do meu colega Doda, vizinho de muro, vieram de Minas Gerais e os do colega Toninho, morador da mesma quadra da rua, vieram do Rio Grande do Norte, todos em busca de melhores oportunidades de emprego, que esperavam encontrar na então capital do país.

Éramos filhos de uma geração de migrantes e a fixação no bairro se deveu aos empregos na própria Fábrica Bangu, nas fábricas em bairros próximos, como era o caso da Fábrica do Realengo, onde meu pai trabalhava, nos quartéis da Vila Militar, onde serviam muitos militares de baixas ou médias patentes e até de uma variada gama de empregados de órgãos e empresas sediadas no Centro da cidade, cuja viabilidade de morar no local era dada, principalmente, pelo transporte ferroviário a cargo da Rede Ferroviária Federal, que chamávamos simplesmente de Trens da Central. A estes se somavam as pessoas que trabalhavam no comércio, na prestação de serviços e na construção civil, áreas que se expandiam acompanhando o vertiginoso crescimento populacional do bairro.

No início dos anos 1950 houve mais uma rodada de venda de lotes, desta feita com o financiamento de longo prazo pelo Banco do Brasil, período em que meus pais, vários parentes e a grossa maioria dos que viriam a construir suas casas naquelas ruas ao redor do Rio da Prata adquiriram seus terrenos.

Com a prestação mensal do terreno relativamente baixa, minha mãe combinou com meu tio pedreiro que, à medida que meu pai fosse comprando o material de construção, ele fosse tocando a obra. Essa era a forma mais viável de fazer a casa, pois poucos tinham o dinheiro necessário para as compras de todo material e a contratação do pedreiro até a conclusão. A nossa experiência e a de vários parentes e vizinhos foi a de fazer os alicerces, levantar as paredes, assentar a laje e colocar portas e janelas, estas últimas, frequentemente, toscos tapumes feitos de madeiras de sobra de obra. Isso permitiu às famílias se abrigarem, muitas vezes se livrarem de aluguéis ou deixarem o incômodo de morar com outros núcleos familiares. A partir daí a obra ganhava a velocidade que as pequenas sobras no orçamento familiar permitiam.

Nasci em Bangu, com a família já residindo em casa própria onde, no ano anterior, se estabeleceram o casal e os sete filhos vivos que me antecederam. Foi uma mudança festejada pelos meus pais, pois saíram de uma antiga casinha de barro que nos permitiam morar gratuitamente por afetividade, para uma casa nossa, duramente construída sobre o terreno de "papel passado", como meu pai gostava de dizer, referindo-se à escritura assinada por ele como comprador e pelo representante da Fábrica Bangu, como vendedor. Meu irmão mais velho, segundo contou anos depois, no primeiro momento não gostou, pois deixou para trás os muitos campos de pelada que havia em Realengo e no bairro do Barata. Mas logo se acostumou e passou a adorar o seu novo local de residência onde, aliás, não faltavam campos de futebol.

A urbanização

O BAIRRO, ESPECIALMENTE A NOSSA LOCALIDADE, crescia a olhos vistos. Os terrenos baldios desapareciam e no local surgiam casas ou os terrenos eram capinados, cercados ou murados em preparação para breves obras. Meus olhos de menino de seis anos de idade assistiram, estupefatos, aquele mundo de trabalhadores com suas enxadas, pás, cavadeiras e carrinhos, com que iam cortando as calçadas e, no fundo buraco que produziam, enfiavam a tubulação de água e esgoto que trariam o saneamento básico tão necessário. Logo a seguir as ruas foram asfaltadas. Fui o único dos filhos dos meus pais que não precisou rolar o barril de água da bica da rua Banguense até em casa, para a mãe fazer a nossa comida e lavar as roupas e para todos nós tomarmos banho e usarmos no banheiro. Segundo alguns estudos essas melhorias implementadas no período do governo Carlos Lacerda à frente do recém-criado Estado da Guanabara foram possíveis em função dos recursos da Aliança para o Progresso, programa de assistência ao desenvolvimento socioeconômico da América Latina, financiado em parte pelos Estados Unidos, e que foi formulado e implementado como forma de enfrentamento das inquietações sociais latentes em vários países e que levaram, por exemplo, à revolução cubana. Eu não sabia, mas a água encanada e a rede de esgoto que chegou lá em casa estava ligada ao medo dos poderosos ao socialismo.

Os hábitos

LÁ NO RIO DA PRATA, nos dias de semana, o movimento de pessoas nas ruas começava bem cedo. Nos anos em que estudei no primeiro turno, em que as aulas começavam às sete horas da manhã, poderia acordar às seis, mas meus pais e meus irmãos às cinco da manhã já estavam de pé. Minha mãe começava a chamar a um e a outro para se levantar e se arrumar para a escola ou para o trabalho e logo colocava a água para ferver para fazer o café. Meu pai saía para a padaria para buscar o pão e, em minutos, voltava com as bisnagas quentinhas e cheirosas, que então se misturavam ao aroma do café ainda passando no coador. Eu e meu pai éramos os primeiros a se deliciar com aquele café da manhã maravilhoso, pois meus irmãos disputavam vaga no nosso único banheiro para tomar banho e fazer as necessidades fisiológicas. O agito era geral, pois houve época em que até oito pessoas se preparavam para suas atividades diárias quase ao mesmo tempo, nas primeiras horas da manhã.

Ao passar do portão, logo se via um grande número de pessoas se deslocando: umas de bicicleta seguiam para a Fábrica Bangu, às vezes com um colega na garupa, para o turno das seis; outras, nesse mesmo transporte, como o meu cunhado Adauto, iam para a Fábrica do Realengo; a maioria se deslocava a pé para o ponto de ônibus que os levariam até a estação ferroviária do bairro e lá pegariam o trem que os levariam até o Centro da cidade. Um pouco mais tarde as ruas lotavam de crianças uniformizadas, as muito pequenas levadas por suas mães, as maiores, sozinhas ou em grupo de colegas, seguiam para as escolas primárias, para os ginásios e, em menor escala, para os colégios de segundo grau.

A sociabilidade típica do bairro ou, talvez, de todo o subúrbio, fazia com que os deslocamentos para o trabalho fossem também um momento de encontro e congraçamento. Eram famosos os grupos formados a partir do horário e do local no vagão do trem que pegavam no sentido da Central do Brasil pela manhã, e no sentido Santa Cruz à tarde. Meu irmão Carlos, por muitos anos, pegou o Especial de 7:15h e viajou com uma turma de amigos que jogava sueca em pé no trem. Muitos achavam uma proeza conseguir segurar as cartas com a mão esquerda e descartá-las com a direita, portanto sem segurar em nada, e manter-se equilibrado no sacolejante trem da central. Dizia que a distração com o jogo e as brincadeiras com os colegas fazia com que a viagem parecesse mais rápida e menos sofrida, pois o trem andava muito cheio.

Outros grupos, outros jogos ou outras brincadeiras. Tinha a turma que jogava porrinha, geralmente valendo dinheiro. A turma dos torcedores de clubes de futebol que levavam toda a viagem discutindo a razão do bom ou mau resultado do seu time no final de semana. A turma apaixonada por samba, que batucava nas portas, no teto, ou em qualquer objeto que carregassem e cantavam alegremente sambas enredos memoráveis. Impossível sambar naquele ambiente "sardinha em lata", mas muitos mexiam com a cabeça e cantarolavam em apoio àqueles eventos matinais ou vespertinos.

E, para além de tudo e de todos os grupos, a inevitável paquera no trem, que tantas vezes serviu como pontapé inicial para namoros, noivados e até casamentos. Nos anos 1960 e 1970 o trem, nos horários de *rush*, era um meio de transporte calorento, barulhento e superlotado, mas ainda assim o mais utilizado por quem precisava ir ao Centro da cidade, pois era mais rápido e barato que o ônibus.

Mas havia também um grande número de pessoas que trabalhava no próprio bairro: os empregados do movimentado comércio do centro de Bangu; os muitos pedreiros e serventes, eletricistas e encanadores que atuavam na construção das dezenas de milhares de casas que brotavam em todo o bairro e, principalmente, os operários que trabalhavam nos quatro turnos da fábrica.

À tardinha havia um novo movimento, mas não tão intenso quanto o da manhã, mostrando que o retorno para casa era menos concentrado. Talvez isso acontecesse porque alguns dos que saíam para trabalhar às seis, sete horas da manhã, ainda enfrentariam um turno noturno na escola. Outros, que chegavam do Centro da cidade e desciam da estação, preferiam saborear calmamente uma deliciosa pizza na confeitaria Mercúrio ou beber o caro, mas prestigiado chope gelado da Churrascaria Lula, ou apenas caminhar vagarosamente pela Cônego olhando as muitas lojas que havia no Centro de Bangu.

Nos fins de semana o movimento de pessoas circulando no bairro era ainda mais intenso. Não se concentrava nas primeiríssimas horas da manhã, como nos dias de trabalho e escola, mas se espalhava ao longo do dia com as pessoas mais maduras se deslocando para as feiras, armazéns e mercados para as compras de alimentos; as crianças e adolescentes correndo pra lá e pra cá atrás de bola ou de pipa; as mulheres jovens indo aos cabeleireiros e às manicures, aos armarinhos, às lojas de tecidos ou de roupas prontas; os homens jovens se deslocando para os campos de futebol para jogar ou assistir as boas peladas, tão frequentes no bairro. Nas noites dos fins de semana, um novo padrão de movimentação de pessoas: as crianças e os homens e mulheres maduros escasseiam e as ruas são tomadas pelos jovens de várias idades.

Cosme e Damião

O DIA DE COSME E DAMIÃO no subúrbio era uma data muito festejada pela criançada, menos pela devoção aos santos gêmeos católicos ou aos sincretizados orixás de amor e alegria nas religiões afro-brasileiras como entidades infantis, e mais por ser o dia da farta distribuição de doces para a garotada. As ruas ficavam abarrotadas de crianças e adolescentes, às vezes acompanhados por irmãos maiores, deslocando-se de um lado para o outro à espera do sinal de que, de alguma casa, o dono ou a dona começaria a distribuir os preciosos saquinhos. E assim acontecia, pois eram muitas as famílias que faziam promessas e davam doces no dia de Cosme e Damião. Algumas preferiam chamar algumas crianças para dentro de suas casas e servi-las fartamente na mesa de jantar; outras, para evitar excesso de aglomeração, saiam com os saquinhos em bolsas de supermercado e os distribuíam na rua à medida em que encontravam crianças; e outras mais cobiçadas e conhecidas pela qualidade e robustez dos seus sacos de doces que entregavam suas oferendas por sobre o muro ou pelos portões da casa, onde rapidamente se juntavam dezenas, às vezes centenas de crianças e adolescentes.

Minha família

A FAMÍLIA TÍPICA DA ÉPOCA era muito numerosa, como a minha. Um casal e oito filhos que foram nascendo ao longo de vinte anos (minha mãe teve onze filhos, mas três irmãzinhas se foram ainda bebês ou com pouco tempo de vida). Então o mais comum era os filhos mais velhos arranjarem um emprego formal, se possível, logo ao completar quatorze anos. A minha irmã mais velha logo se empregou em uma conceituada loja de moda feminina no Centro da cidade. A outra, ainda bem novinha, conseguiu uma vaga em uma fábrica de brinquedos no Engenho de Dentro. Meu irmão mais velho se empregou em uma movimentada padaria no centro do bairro, de onde somente se afastaria, anos depois, para se apresentar ao serviço militar. Outros dois seguiram este mesmo caminho do emprego precoce, um em bar e outro na Fábrica Bangu, e somente os três últimos puderam se esquivar do trabalho formal e em tempo integral já a partir dos quatorze anos de idade.

Mas os abaixo dessa idade também se viravam em "bicos" para ajudar a si próprio e, na carona, aos irmãos mais novos. Fomos engraxates, entregadores de marmita na fábrica, vendedores de cocada ou de laranja descascada na rua e na beira dos campos de futebol, serventes de pedreiro em tempos de férias escolares, carregadores de mala de vendedor ambulante de bugigangas, dentre outras. O dinheiro ganho com essas atividades, diferentemente dos que recebiam salário e tinham que entregar parte à mãe, era exclusivamente de quem trabalhasse para ganhá-lo. Ciente disso, sempre rolava uma ajudinha para quem estivesse em pior situação. Por ser o caçula, fui o último a exercer "bicos" para ganhar dinheiro, e recebia dos irmãos uns trocados para comprar carretel de linha, papel de seda e outros apetrechos para fazer e soltar pipa. Ou aquele valor necessário para ir aos parques, circos e depois lanchar nas boas padarias nos passeios da molecada nas noites de sábado e domingo.

Com um pouco mais de idade, ali pelos quatorze, quinze anos de idade, passou a ser necessário um dinheirinho extra para o cinema Hermidas, o mais próximo e barato, ou o cine Matilde, o mais moderno e com os melhores filmes em cartaz, que algumas vezes frequentei com colegas ou namoradas do colégio Daltro Santos. Além disso, nessa faixa etária aumentou a demanda por roupas novas e modernas, necessárias para as festas de aniversários, sobretudo as de quinze anos, e os bailes no Casino e no Bangu Atlético Clube que começava a frequentar. Há vantagens e desvantagens em ser o filho mais novo de uma família, mas certamente ter irmãos já trabalhando regularmente ajuda muito a financiar os inevitáveis custos da vida adolescente.

Um caso da prima

EU GOSTAVA MUITO DA REGINA e tinha a impressão de que ela também me achava legal, mas a diferença de quatro anos nos colocava em mundos bastante distintos. Apesar disso, algumas vezes vivenciamos juntos situações bem interessantes. Certa ocasião, véspera do dia de Santo Antônio, ela resolveu dar uma facada na bananeira para, como previsto na simpatia, ver as iniciais do nome do seu futuro marido esculpido no tronco. Nessa época ela namorava o Luiz Henrique, amigo bacana e morador das proximidades que tinha o apelido de coqueiro, possivelmente por sua elevada altura. Regina então nos chamou para testemunharmos que o santo casamenteiro estava garantindo seu matrimônio. Mas a desconcertante sinceridade da Sônia, da Eliane, do Edinho e minha, que nos recusávamos a ver as letras L e H no borrão formado pela nódoa da bananeira a deixou irritada. Daí o que me ocorreu foi dizer: "mas pessoal, olhando de cima pra baixo, dá a impressão que a mancha forma um coqueiro". Foi assim, numa versão revista e atualizada da lenda da bananeira de Santo Antônio que salvamos o casamento da minha prima.

Eu e a sobrinha mais velha

KATIA, MINHA SOBRINHA MAIS VELHA, era quase da minha idade. Menina muito bonita, como todos os filhos da minha irmã, ela era o que se chamava na época de garota espevitada, significando que era muito ativa, bagunceira e provocativa. Éramos amigos, mas algumas vezes brigávamos. Fizemos juntos a primeira comunhão na Igreja São Judas Tadeu e, no momento solene da eucaristia, ela denuncia aos berros que eu estava mastigando a hóstia, um pecado inominável para um cristão novo.

O pai dela, meu cunhado, era mestre torneiro mecânico na fábrica do Realengo e produzia para si ou para vender a amigos bonitos objetos de bronze ou de madeira, como cinzeiros, estatuetas, peças de parede e uma muito apreciada bengala de Bat Masterson. Com isso, e com trabalhos extras que fazia em casa, como costurar bola de futebol, conseguia uma renda que permitia um certo bem-estar familiar que até respingava em mim, por exemplo, na forma de presente de Natal que minha irmã sempre me dava.

Mas alguns momentos eram conflituosos. Lá pelos dez, onze anos de idade, por ocasião do Natal, Katia ganhou uma linda bicicleta Monark novinha. Seu pai, um bom ciclista que se deslocava diariamente por esse meio os quase treze quilômetros de ida e volta até o trabalho em Realengo, no primeiro dia de folga começou a ensiná-la a andar na sua bicicleta zero quilômetro. Como eu assistia aquela aula babando de inveja por não ter uma bicicleta, depois de algum tempo Adauto ordenou que ela me emprestasse a bicicleta para eu dar uma voltinha. Como não podia negar, ela me permitiu subir na bicicleta, mas bastou eu andar vinte metros, que ela seguia correndo ao meu lado, para ela segurar a bicicleta e dizer: "pronto, já deu uma voltinha". Desisti. Não queria que o pai brigasse com ela por minha causa.

Ocorre que essa relativa vantagem financeira nem sempre resultava em maior satisfação pessoal. No ano em que começamos a estudar formalmente fui matriculado na Waldir Azevedo Franco e ela foi para a Sagrado Coração de Maria, uma escola familiar com mensalidade nada desprezível e cujo projeto pedagógico e disciplinar incluía o castigo físico, algo inimaginável na minha deliciosa escola pública. Menos por ela e mais pelo primo Nei e pelo colega de peladas Jair, que estudavam com ela, ficava sabendo que Katia ficou horas ajoelhada virada para a parede, ou teve que segurar a cadeira no ar com os braços por um tempão, ou que ficou com a orelha toda vermelha com o puxão que o professor aplicou e outros castigos do gênero. Curioso que essa escola era prestigiada pelos pais dos alunos não pelos recursos materiais que colocavam à disposição de seus alunos, mas pelos rigorosos métodos disciplinares.

Alguns anos após sair da escola minha sobrinha teve um tórrido romance com o Augusto, professor e filho do dono do estabelecimento, cujo fim ocorreu quando este sofreu um fatal acidente de automóvel. Katia seguiu seu caminho estudantil, profissional e pessoal com muita personalidade e até certa liderança sobre toda sua família.

Um caso com outra sobrinha

MINHA SEGUNDA SOBRINHA EM IDADE, a Sandra, era muito querida pelo meu pai e pela minha mãe. Desde bem novinha desenvolveu as habilidades de manicure e ao fazer as unhas encantava as pessoas com a sua meiguice e sincera amizade.

Um dia, fomos na casa dos tios que moravam num sítio em Magé, também para visitar meu pai que, nessa época, já aposentado, passava temporadas em trabalhos temporários em fazendas na região. Esse passeio, que fazíamos mais ou menos uma vez por ano, era muito desejado por várias razões, dentre elas a de que nossos tios eram donos de uma quitanda na frente da casa, que vendia alimentos, bebidas, material de limpeza e tudo mais que os tradicionais armazéns da época comercializavam. Mas os nossos gulosos olhos se fixavam nos doces, nos muitos doces deliciosos e no baleiro giratório com uma variedade de lamber os beiços.

Depois de cumprimentarmos os tios e primos, instalarmo-nos na casa e, claro, "assaltarmos" o setor açucarado do comércio do irmão do meu pai, fomos informados que ele estava cuidando dos cavalos de um haras ali nas proximidades. Almoçamos e eu e Sandra fomos levados por um primo ao encontro do meu pai. Era uma propriedade muito bonita: uma área edificada logo após o portão central, ruelas de paralelepípedos com meio-fio de concreto pintado de branco, extensas áreas gramadas limitadas por cercas de madeira, uma área densamente arborizada e um córrego artificial.

Ficamos algum tempo conversando na mureta da varanda da casa, até que pedi ao papai para deixar eu dar uma volta a cavalo. Sandra, então, complementou: "eu também quero". Papai se deslocou a uma parte lateral da casa e logo retornou com dois cavalos, um selado e outro sem sela, mas ambos com cabresto e rédeas. A seguir falou:

— Minha neta, eu vou te segurando e puxando o cavalo, você ainda é muito pequena.

— Meu filho, sobe no outro e vai galopando bem devagar.

Montei no cavalo sem sela e fui cavalgando calma e alegremente, até que resolvi aumentar a emoção e, com a experiência de ver filmes de faroeste, bati as pernas com força na barriga do cavalo. O animal começou a trotar com velocidade e o bate-bate da minha bunda no dorso do cavalo me fez aprender, em segundos, a importância da sela. Ato seguinte, puxei com força o cabresto e o animal freou bruscamente, o que me impulsionou para frente e me fez soltar a corda com a qual controlava o cavalo. Sem controle do cavaleiro, o animal caminhou para a área arborizada e me fez trombar com galhos e folhagem.

Meu pai, logo que percebeu que o cavalo é que passeava comigo e não eu que passeava a cavalo, amarrou o animal de Sandra num arbusto lateral e foi me pegar. Ocorre que na pressa e no nervosismo, deixou um largo pedaço de corda e o cavalo com minha sobrinha, com dois passos laterais, alcançou o riacho e abaixou a cabeça para beber água, o que a fez ficar numa desconfortável posição com risco de cair. Mesmo no sufoco, gritei: "pai, ajuda Sandra!". Ele voltou rapidamente a tempo de evitar a queda da minha sobrinha no córrego e só depois de deixá-la na varanda foi me retirar do arbusto, todo arranhado.

Depois de nos livrarmos do pior que poderia acontecer, costumo dizer jocosamente: "entre mortos e feridos, salvaram-se todos". Meu pai, depois do susto, autorizou que comêssemos todos os doces da quitanda do tio.

As irmãs dos amigos, também amigas

ALÉM DE COLEGAS DAS BRINCADEIRAS, amigos de rua, também éramos amigos das irmãs dos colegas e das outras meninas do quarteirão de rua. A Sandra, irmã do Doda; as primas Luzia e Regina, filhas do segundo casamento do meu tio e padrinho Durvalino; as belas irmãs do Zé Carlos; as sensuais filhas da Dona Isolete, principalmente a Sônia e a Selma, de idade mais próxima; as ligeiramente mais velhas Antônia, irmã do Toninho, e Berenice, irmã do Benilton e do Iberê. É curioso que com cada menina estabelecia-se um tipo de amizade, um tipo de relação fraterna. A vizinha Sandra, que tinha o apelido de Data, era quase uma irmã. No tempo de manga, eu pegava muitas frutas no pé, e até algumas no chão caídas de tão maduras e, com frequência, ia até o muro que separava nossas casas e a chamava:

— Data, toma aqui uma manga, está docinha. Então ela descascava a fruta com a ajuda dos dentes e ficávamos alguns minutos ali conversando e lambuzando as mãos e a boca chupando deliciosas mangas.

A Berenice era mais velha que eu cinco anos, uma eternidade entre as idades do menino de 12 anos e da moça de 17. Ficamos amigos porque muitas vezes a molecada se reunia na calçada da casa dela, embaixo do poste de luz e ao lado do orelhão da companhia telefônica. Quando eu estava nos primeiros anos do curso ginasial ela já cursava os últimos anos do científico e se preparava para o vestibular, então eu puxava papo sobre projetos estudantis, de ingresso na faculdade. Ela gostava de falar sobre isso e ficava comigo longo tempo, muitas vezes junto com uma colega de escola, contando os seus planos: "quero ser enfermeira, mas não como a minha mãe, que é técnica de enfermagem. Enfermeira de nível superior, graduada em boa faculdade, trabalhar em grandes hospitais e chefiar equipes". Eu já admirava a mãe dela, que chegava nos fins de tarde toda vestida de branco. Imagine a Berenice, esbelta, bonita, elegante, quando ostentar seu glamoroso uniforme de enfermeira-chefe.

Meu irmão me defendendo

O PADRÃO DE COMPORTAMENTO DA INFÂNCIA de subúrbio daqueles tempos era de que o menino devia responder sozinho pelos seus erros e acertos na interação do dia a dia com as outras pessoas. Os conflitos, muitas vezes, eram resolvidos no braço e não se pedia nem se aceitava a interferência de pais, amigos ou parentes. Mas havia uma regra de ouro: fosse qual fosse a origem da divergência, não se admitia covardia. Um adolescente não pode agredir uma criança ou menino claramente de menos idade e menor tamanho; um menino não pode bater em uma menina; um adulto não pode bater em uma criança — em casos graves os adultos devem comunicar os malfeitos aos responsáveis e exigir que estes punam os meninos sob seus cuidados, mas nunca aplicar castigos diretamente. Essas regras não escritas eram de conhecimento de todos e, por serem consideradas justas, eram acatadas em larga escala.

Foi por isso que um dia, na parte que restou do campo do Pratense após a construção da escola O'Higgins, eu soltava pipa e por descuido permiti que minha linha com cerol cortasse a linha da pipa do Ivan. Soltar pipa é também uma competição, em que você corta a linha do outro ou o outro corta a sua, fazendo com que sua pipa, ou a do outro, avoe. Contudo, essa manobra só é legitima quando ambos estão cruzando. Cortar o outro quando estão soltando pipa do mesmo lugar não se admite. Então o Ivan, rapaz alto e forte que na época devia ter dezessete anos, veio pra cima de mim bufando de raiva e dizendo que ia tomar a minha pipa e linha. Ocorre que Carlinhos, meu irmão que àquela altura estava servindo ao Exército e, além disso, era muito ligado em esportes olímpicos (corrida de cem metros; corrida com barreiras; salto à distância etc.), sendo, portanto, muito forte, assistia à distância aquela pendenga e logo correu em direção ao Ivan para me defender. Não chegou a acontecer uma briga: meu potencial agressor não apenas desistiu de me retirar a pipa como pediu muitas desculpas ao meu irmão apenas por parecer que iria atacar um menino menor.

Jovens pacíficos, mas uma ou outra exceção enveredou no caminho da violência

AOS QUATORZE, QUINZE ANOS DE IDADE, relacionei-me com alguns colegas mais velhos, seja no distraído jogo de sueca na casa da Lila, seja nas festas no bairro que insistíamos em comparecer (mesmo sem ser convidados) ou nos concorridos bailes no Casino ou no Bangu Atlético Clube, estes somente quando conseguia a grana para pagar os caros ingressos na portaria.

Eram colegas de dezoito anos,ou um pouco mais, que já trabalhavam regularmente, mas havia alguns casos excepcionais: o Jailson "caramelo" era um desses. Bem alto, muito bonito e elegante, ganhava dinheiro extorquindo mulheres do bairro. Não se pense que se tratava da tristemente tradicional exploração de "mulheres da vida", que por apego afetivo ou segurança divide com um homem o dinheiro ganho na sua atividade. O que se contava no bairro é que Jailson conquistava mulheres casadas que, atraídas por sua sensualidade, se viam enredadas por pedidos (depois exigências) de pequenos presentes e valores em dinheiro que logo iam crescendo até tornar-se o insustentável estorvo de um gigolô.

Alguns casos chegaram ao conhecimento dos maridos enganados, mas a solução nem sempre se mostrava simples, pois o "Dom Juan" ameaçava (ou executava) ações de extrema violência para manter os seus ganhos. Poucos anos mais adiante o jovem Jailson entrou para o mundo do consumo e tráfico de drogas, terminando alvejado por uma série de tiros.

O MOMENTO MAIS DURO

A turma que se meteu na encrenca

NAQUELA SEXTA-FEIRA, véspera do Sábado de Aleluia, eu voltava do Colégio Daltro Santos no fim de tarde, início de noite, já com o céu escurecendo. De uniforme e com a pesada pasta que carregava o material escolar, me sentia ligeiramente cansado. Saí às cinco horas da tarde, como de costume, e nos cerca de 1,5 quilômetro da Rua Coronel Tamarindo até o muro da Igreja Batista, a quatro lotes da minha casa, caminhei lentamente apreciando as pessoas e paisagens que encontrava pela frente. Nem a travessia da linha de trem ali no canto da Praça Primeiro de Maio me fez acelerar o passo. Do outro lado da praça, onde hoje se encontra a Lona Cultural Hermeto Pascoal, ainda parei em frente ao campinho onde algumas vezes joguei boas peladas e, por uns poucos minutos, assisti a um altinho entre jovens adultos que não conhecia. Depois segui a Rua Boiobi até a Rua Rio da Prata, dobrei à direita e três quadras adiante entrei na Rua dos Limadores. Na calçada da Igreja Batista, embaixo da primeira árvore antes do portão principal estavam Toninho, Doda, Noel e Geraldinho.

Antes de chegar ao grupo pensei: que saco estudar à tarde! Eles devem ter jogado bola de gude, ou feito um racha, ou rodado pião e agora estão dando um tempo para ir embora tomar banho. De manhã tem pouca gente disponível e são poucas as brincadeiras, aí quando você vê já chegou a hora do almoço e de ir para a escola. Bom mesmo era estudar no turno da manhã. Acordava cedinho, tomava banho, me arrumava e tomava café correndo, mas pouco depois do meio-dia já estava em casa. Almoçava e tinha todo o longo período da tarde para fazer o que quisesse ou precisasse.

Mas o turno de estudo no colégio não era exatamente uma escolha. Eu até colocava no formulário de renovação de inscrição no final do ano letivo o horário preferido para o ano seguinte, mas dependia da série, do número de turmas e de alunos, e de outros critérios que não conhecia. Paciência! Eu já me considerava um privilegiado por ter chegado ao primeiro ano do segundo grau em um colégio público de bom conceito na região.

Estava assim meio para baixo e cheguei no grupo com mais disposição para ouvir do que falar. Mas como quem chega é que deve cumprimentar, disse:

— E aí pessoal, o que rolou aqui? — ninguém respondeu a minha pergunta-saudação. Toninho, o mais baixo de toda turma, cabeça grande, rosto arredondado, corpo atarracado, de pernas e braços que pareciam curtos, mas eram torneados e aparentavam força e higidez, estava mais agitado que de costume e, depois de longo tempo, falou:

— Estamos querendo fazer um Judas para malhar amanhã. É fácil. É só pegar uma calça e uma camisa velha, encher de capim seco e amarrar nas pontas. Depois costura a calça na camisa e o corpo do judas já está pronto. A cabeça pode ser feita com uma bola velha amarrada na gola da camisa, pinta a boca, o nariz e os olhos, cola um pouco de capim no local do cabelo e está pronto. O resto é amarrar um sapato velho no local dos pés, encher e amarrar uma luva no lugar das mãos.

A conversa ficou animada. Cada um dizia o que tinha na sua casa para compor o Judas. Geraldinho disse que na casa dele tinha uma calça velha da aeronáutica que o pai não usava mais e talvez também um sapato velho. Cada um falava do apetrecho que tentaria conseguir para fazermos o Judas.

Curiosamente Noel, frequentemente o líder do grupo, pouco falava. Talvez porque essa não fosse a sua área de conhecimento. Organizar um time de futebol era com ele. Chamar a galera para ir a um parque de diversões ou a um circo montado num bairro vizinho era com ele. Convidar os outros garotos para pegar um trem, depois um ônibus e ir até Copacabana passear num sábado à noite, isso era moleza para ele. Mas fazer um Judas para malhar no Sábado de Aleluia não o empolgava tanto, embora mostrasse uma clara disposição de participar da empreitada.

Doda, meu vizinho de muro, estava animado. Não dava muita opinião nem apresentava propostas, pois não era o seu jeito de ser, mas assentava com a cabeça e o corpo as decisões que se iam tomando. Às vezes quase grunhia um "legal", "bom", "eu topo".

Alto como eu, mas enquanto minha carcaça ostentasse somente pele e osso, a dele era roliça, encorpada. Não era musculoso, mas seu tronco, braços e pernas eram longos, hígidos e largos. Seus pés eram de gigante, os dedos desgrenhados, com um espaço desproporcional entre o dedão e o segundo dedo do pé. Doda só tomava a iniciativa quando a questão era de briga.

Nos enfrentamentos com turmas de outras ruas ou localidades, ele partia para cima, dava o primeiro soco, o primeiro chute. Era o que mais batia, e mesmo na linha de frente pouco apanhava. Embora a nenhum de nós fosse dado o direito de fugir quando houvesse ameaça para o grupo, Doda era o campeão da coragem e da disposição. Fora desse campo ele só se saia bem na pipa, e não porque tivesse a habilidade de manusear os piões e raias de modo a cortar as pipas dos outros e sim porque conseguia pegar quase todas as pipas avoadas, com sua velocidade, seu tamanho e seu olho de lince para enxergar as linhas.

Doda era bom companheiro. Amigo leal, dócil, parceiro, com uma ligeira dose de inocência às vezes. Mas quando se sentia ofendido ou humilhado, não tinha o mínimo controle sobre si. Não discutia a questão e frequentemente queria resolver o problema no tapa. Isto nos trazia um enorme problema, pois quase sempre ninguém conseguia decifrar o que o aborrecia ou o irritava.

Doda tinha um pouco de seu pai, Seu Valdir, e um pouco de sua mãe, Dona Sebastiana, ou seja, às vezes era pacífico, propenso à conciliação, às vezes era incisivo, armado para o confronto. Por toda a infância e adolescência fomos parceiros e amigos, e até hoje nos raros momentos em que nos encontramos. Mas já tivemos um momento de enfrentamento, um dos mais difíceis que encarei naquela fase da vida.

Um dia Doda veio na minha direção da calçada da sua casa para a minha calçada. Me xingava com ódio: "filho da puta, safado, eu vou te meter a porrada". Confesso que não sabia o que me atribuía para partir tão violentamente contra mim, mas logo percebi que aquele momento não oferecia espaço para uma conversa. Sabia que um dia teria que sair no braço com ele, e aqueles olhos cheios de ódio que me miravam não deixavam dúvidas: chegou a hora.

— Vai tomar no cu. Filho da puta é você. Revidei.

E ele veio dando seus fortes socos, que eu meio que esquivava, girando de um lado para o outro, devolvendo alguns com uma força que deveria equivaler a dez por cento da força dos socos dele, mas mantendo distância, pois o pior que poderia acontecer para mim seria se nos agarrássemos. Aplicava vez por outra uma pernada, onde a habilidade podia reduzir a diferença das forças, e numa dessas ele bambaleou, catou cavaco, tocou com uma das mãos no chão, mas não caiu completamente.

Foi aí que por um desses milagres, ele antes de voltar ao ataque disse:

— Por que você roubou meu carretel de linha, seu puto?

E eu logo abri o diálogo que poderia me tirar daquela dura batalha:

— Roubei é o caralho. Tu acha que eu vou pegar uma merda de um carretel de linha seu, porra! Não fode!

— Eu pulei o muro da igreja correndo atrás de um pião, e quando eu voltei o carretel tinha sumido, e só tinha você ali perto — disse ele.

— E daí porra! Eu estou com um carretel de linha dez, dos grandes, novinho, para que eu ia pegar aquela sua linha puída.

— Não pensa que você está me enrolando não. Se eu souber que foi você eu te encho de porrada.

Falava e levantava mais calmo e menos agressivo que no início e já caminhava lentamente de volta ao portão de sua casa. Respondi a cada ameaça que recebi, mas os tons foram ficando mais amenos. Adotei a velha tática de recuar, nem tão rapidamente que parecesse medo, nem tão lentamente que parecesse provocação. Saí orgulhoso daquele breve conflito, obviamente não porque tivesse vencido a briga — as dores dos socos que levei ainda estavam bem presentes no meu corpo –, mas porque combati o combate necessário, corri o risco, sobrevivi com dignidade.

Uma breve parada técnica

AO FINAL DA PRIMEIRA PARTE DA CONVERSA resolvemos que iríamos para casa tomar banho e jantar e voltaríamos mais tarde com os apetrechos para fazer o Judas. Naquele momento não tinha a menor ideia de que viveria horas depois o dia mais doloroso da minha vida.

Armando o Judas e pensando a denúncia

POR VOLTA DAS OITO HORAS DA NOITE já estávamos reunidos novamente embaixo da mesma árvore em frente ao muro da Igreja Batista, com quase todos os componentes para fazer o boneco. Enquanto armávamos o Judas, enchendo a calça e a camisa de capim seco, amarrando os sapatos, costurando a bola velha na gola da camisa, começou o papo sobre o que escreveríamos na mensagem do judas. Sim, na tradição suburbana o Judas é amarrado no poste ou na árvore com mensagens sacaneando alguém. A ideia de malhar o traidor de Cristo está associada à de malhar o "Judas" local. Não estava sendo tão fácil: primeiro éramos ali membros de cinco famílias da mesma quadra da rua, e ninguém toparia falar mal de seu pai, sua mãe, irmão ou irmã. Depois também resolvemos que não falaríamos mal da família de amigos que só por acaso não estavam ali. De início até pensamos em colocar alguma coisa da mãe do José Carlos, uma senhora que nunca saía de casa, mas que de tempos em tempos ficava horas a fio completamente transtornada xingando o marido, os filhos e praticamente todos os vizinhos do quarteirão. Seria sacanagem com o Zé, e, além disso, pessoas com crises nervosas existiam em quase todas as famílias.

Depois de algum tempo sem decidir o que fazer alguém falou: enquanto isso vamos arranjar papelão ou cartolina e caneta pra gente escrever o cartaz. Toninho foi a sua casa, que era quase em frente ao local onde estávamos, e trouxe lápis, canetas coloridas tipo *pilot* e um pedaço de papelão que parecia de uma caixa aberta. Terminada a feitura do Judas só apareceu uma ideia. Chamar de piranha a Dona Jerusa, uma manicure que trabalhava em casa, a exatos dois lotes de onde estávamos, e que era esposa de um sargento do Corpo de Bombeiros. Mulher de meia idade, corpulenta, com cabelos encaracolados pintados em tons de loiro e que usava roupas insinuantes: calças apertadas ou saias curtas, blusa ajustada ao corpo e decotes generosos.

Nenhum de nós conhecia qualquer fato que desabonasse a conduta daquela senhora, mas ela já povoava a nossa imaginação de adolescentes cheios de amor para dar e raramente com alguém para receber. Houve uma breve discussão. Geraldinho, que morava nos fundos da casa dela, lembrou:

— Porra! O marido dela é militar, pode dar merda!

— Militar o quê! Bombeiro não usa nem arma. E ele vai reclamar de que, se ela anda com aquele bundão rebolando e os peitões de fora — disse Toninho pondo fim à discussão.

Começamos então a escrever em letras grandes com lápis de cera preto sobre o papelão amarelo escuro, amarronzado: "Jerusa piranha. Pare de trair o corno do seu marido". Passamos o lápis várias vezes sobre as letras para dar mais nitidez a nossa denúncia, mas não parecia bom o suficiente.

Com a ajuda de uma escada amarramos o Judas no poste, e depois colocamos a placa de papelão no peito do boneco, segura por um barbante rodeando o pescoço.

Trocando o cartaz de papelão pela tinta no asfalto

ÀQUELA ALTURA JÁ ERAM MAIS DE DEZ HORAS de uma noite bem escura, mas a luz daquele poste dava luminosidade ao boneco e à nossa denúncia. Foi aí que eu disse a frase que pode ter desencadeado a tenebrosa noite que ainda viveríamos:

— É, mas amanhã de manhã só vai conseguir ler quem passar aqui bem pertinho. Geraldinho tentou contemporizar ao dizer que os poucos que lessem iriam contar para outros e assim muita gente ficaria sabendo. Mas Toninho, líder inconteste daquela empreitada não se satisfez:

— O Judas ficou bom pra caramba, mas a placa não está com nada. Correu até sua casa e em poucos minutos estava de volta com uma lata de tinta plástica branca e uma trincha pequena. De pronto começou a escrever a frase do cartaz na rua em frente ao poste.

Em letras garrafais o branco da tinta contrastava com enorme nitidez no preto do asfalto. Ficamos todos meios excitados com a façanha, mas eu já me questionava: "essa pintura depois de secar não vai sair tão fácil. O sargento não vai deixar barato uma coisa dessas". Um cartaz com xingamento é uma coisa. Poucas pessoas leriam. O primeiro coroa responsável que passasse certamente daria um jeito de retirar o papelão, rasgaria e jogaria no lixo. Mesmo que houvesse uma previsível repercussão pelo boca-a-boca, o máximo que podíamos esperar era uma investigação pelo ofendido.

E se chegasse até aos autores da sacanagem, provavelmente reclamaria com nossos pais ou irmãos mais velhos. Nesse caso tomaríamos um puta esporro, perderíamos regalias e vantagens. Talvez fossemos proibidos de sair à noite por um algum tempo, perdendo bailes e farras por meses. Certamente não ganharíamos roupas novas nem receberíamos presentes no dia do aniversário, ou talvez nem mesmo no Natal. Surra não tomávamos mais naquela idade, exceto o Geraldinho, cujo pai, Seu Geraldo, quando muito revoltado com seu comportamento lhe dava um cascudo na cabeça.

Meus irmãos me ameaçavam, mas o máximo de castigo físico que sofri foram alguns fortes empurrões que, algumas vezes, me fizeram cair sentado.

Mas agora, sei não! Com uma ofensa grave persistindo no chão da rua bem próxima a sua casa, vista e revista por muitos transeuntes, amigos e inimigos, o sargento pode perder o controle e partir para cima da gente com violência.

Mesmo considerando que ele era meio gordinho, de estatura mediana e um rosto que mais sugeria um pacificador que um guerreiro e, portanto, não parecer uma ameaça pessoal tão aterradora, ele poderia chamar seus colegas de corporação, muitos soldados jovens e fortes que sob seu comando nos massacrariam até sangrarmos. A realidade que veio a seguir mostrou que o sargento seria o menor dos nossos problemas.

Da crítica moralista ao perigoso escracho

EMPOLGADO COM O EFEITO DA TINTA sobre o asfalto, Toninho logo decretou: "vamos lá para a Rua Urucum, lá podemos falar de várias pessoas que não vão desconfiar da gente". Falava e já tomava em mãos a lata de tinta e a trincha, caminhava decisivo, era o dono do espetáculo: ele teve a ideia do Judas, foi o principal elaborador do boneco, arranjou a tinta e a trincha que amplificava enormemente o efeito do negócio e era quem escrevia no chão, pois tinha boa letra e dominava bem a arte de pintar. Enfim, era o ator principal, apenas circundado por solícitos coadjuvantes.

Sentia naquele momento que, à exceção do líder inconteste da noite, todos estávamos preocupados. A brincadeira tradicional do Sábado de Aleluia estava ficando para trás e começávamos uma execração pública de pessoas que não nos tinham feito nenhuma maldade. Dos sentimentos tenebrosos que viria ter no final daquela noite e da madrugada que se seguiu, o que mais me doía no peito foi o de me sentir um perfeito idiota. Eu estava no primeiro ano do segundo grau, uma série escolar acima do Toninho, que naquele ano cursava o 4º ano ginasial, embora fosse mais velho que eu quase dois anos, e razoavelmente distante nos estudos de Doda, Geraldinho e Noel, que haviam concluído o curso primário e não estudavam mais. Claro que nossas decisões de adolescentes não eram tomadas a partir da influência do nível de escolaridade, mas me cabia demonstrar maior discernimento e alertar para a gravidade daquilo que estava acontecendo, e não o fiz.

Chegando na Rua Urucum Toninho perguntou: "o que vamos escrever?". Pensei: "vou falar qualquer coisa para acabar logo com isso". Já era mais de onze horas da noite e não tinha dúvida que alguém iria nos ver, se é que já não tinha alguma pessoa mirando de dentro de casa aqueles cinco moleques em atitude suspeitíssima, carregando lata de tinta e uma trincha.

— Escreve aí, Irani dá cu.

Enquanto Toninho lentamente moldava as letras no asfalto, com o prazer de um pintor diante de sua tela, eu pensava: "puta merda!". Irani e eu já tiramos alguns sarros juntos, que era a denominação que dávamos ao que a juventude de hoje chama de 'ficar', em dias de festa junina naquela rua. Ela era uma pretinha muito descontraída, divertida e sensual; e no namoro era quente: abraçava, beijava e se deixava abraçar e beijar com muita intensidade, mas tinha seus limites. Que calhorda eu estava sendo naquele momento, justo com uma menina que dava sinais de alguma afeição por mim, e que além do mais era filha de uma amiga muito próxima da minha mãe.

Torcia para aqueles infinitos minutos acabarem quando Noel, quase distraidamente, falou: "sabe o Seu Osvaldo? Aquele que é pai do Carlos e do Josias? O que é motorista de ambulância? Pois é, dizem que ele rouba 'bolinha' no hospital para tomar e pra vender no carnaval pro pessoal que gosta de ficar ligadão". Foi acabar de dizer e Toninho já começou a escrever o novo escracho: "Osvaldão drogadão, para de roubar bolinha do hospital". Outros minutos eternos para o nosso caprichoso pichador concluir a sua obra. E outras frases vieram e o nosso incansável pichador obrava com prazer, enquanto nós praticamente só vigiávamos se alguém se aproximava.

A polícia chegou

FINALMENTE SAÍMOS DA RUA URUCUM, dobramos a Banguense e quando iríamos dobrar novamente à esquerda na nossa rua, ouvimos pneus cantarem com a aceleração estonteante daquela inconfundível Veraneio preta e branca da polícia civil. Estávamos a uma quadra de distância da viatura, algo como 150, 200 metros de distância. Começamos a correr. Corremos como nunca havíamos corrido antes. Moleques acostumados a jogar bola todo dia, correr atrás de pipa e brincar de pique, sabíamos da resistência e velocidade que tínhamos, mas eu particularmente não conhecia ainda a performance do medo. Minha casa, também a do Doda, estava há pouco mais de 30 metros de distância, mas não cogitamos entrar em casa, pois se os policiais vissem, além de ser uma prova de autoria, seria àquela hora da noite um susto incomensurável para nossas famílias. Seguimos pela Limadores, Doda à frente e eu em segundo, aterrorizados com o barulho do motor do carro em alta aceleração e com os faróis acesos iluminando nossos corpos pelas costas, mesmo quando saímos do asfalto para as calçadas. Ouvimos uma breve desaceleração do camburão e algumas vozes que sem dúvida eram de polícias prendendo alguns dos nossos. Dobramos a rua Rio da Prata e, logo depois, Doda pulou o muro ao lado da Quitanda do Seu Antônio. Segui em frente achando que fariam uma parada para seguir o meu colega, mas não foi o que aconteceu. O Camburão foi atrás de mim, desta vez sem sequer reduzir a velocidade.

Dobrei a Rua Urucum e, percebendo que àquela altura era o único perseguido e que minhas energias começavam a dar sinais de esgotamento, pulei de um só salto o muro da casa do Jair Cerqueira, que me conhecia bem pois era muito amigo do meu irmão mais velho. Mas toquei com o pé na madeira mais alta daquele muro que era metade de tijolo e a parte superior em toras que formavam um desenho simétrico dando altitude, mas permitindo a visibilidade do terreno e da casa. Após cair senti os joelhos e as palmas das mãos arderem, mas me levantei e segui até o fundo do quintal. Lá bati com força na porta da casa e gritei "Jair! Jair!". Segundos depois abre-se a porta e eu caio no chão da sala. Mas não havia mais chance. Um policial grande e forte segurou a minha bermuda pelas costas, me levantou e praticamente me carregou até fora do quintal da casa. No momento em que fui pego, de relance vi Jair de cuecas, cabelo desgrenhado e muito nervoso, sem saber o que falar. Complemente diferente do cara que conhecia: calmo, de riso contido e fala mansa. Chegando na calçada, cabisbaixo, mais percebi do que vi vários moradores próximos do local. Ouvi muitos burburinhos, mas uma voz se destacava pelos xingamentos e pelo ódio que exalava: era Seu Osvaldo.

Senti um certo alívio quando fui jogado na caçapa do camburão, me livrando daqueles olhares que certamente me condenavam furiosamente. Naqueles primeiros instantes não foi o medo que predominou, foi a depressão. Uma profunda decepção comigo mesmo. Como pude ser tão cruel com uma menina que nutria simpatia por mim? Como pude ser tão babaca, covarde, em não me opor àquela porra-louquice, que não tinha mais nada a ver com a brincadeira do Judas? Eu era o responsável pelo que estava acontecendo, total e completamente. Me sentia um lixo humano.

Presos, deprimidos e com medo profundo

DEMOROU ALGUNS INSTANTES para que eu notasse que eram Noel e Geraldinho que estavam comigo naquele minúsculo espaço escuro da carroceria do camburão. Longo silencio e Noel falou quase sussurrando:

— Será que o seu irmão que é PM vai lá na delegacia pedir pela gente?

— Não sei, não sei nada — respondi no mesmo tom

O tempo passava vagarosamente, mas já era de se esperar que o carro saísse para a delegacia. Geraldinho falou baixinho:

— Será que ainda estão atrás de Doda e Toninho?

Me aproximei dos dois e disse:

— Doda pulou o muro ao lado da quitanda, deve ter atravessado o quintal do seu Baiano sapateiro e depois deve ter pulado para sua casa, Geraldinho.

— Então eles não estão aqui por perto, respondeu. E acrescentou:

— Nós paramos quando um policial puxou a arma e disse que ia atirar, mas Toninho continuou correndo, entrou no terreno baldio ao lado da casa dele e os caras não quiseram entrar no matagal.

Noel fecha a conversa antes do carro sair em disparada:

— Acho que eles vão procurar alguém para nos ajudar.

O policial violento que chefiava a operação

CHEGAMOS NA 34ª DP RAPIDAMENTE, embora a delegacia fosse na Rua Coronel Tamarindo, do outro lado da estação do trem. Ao abrirem a porta da caçapa pudemos ver os rostos dos nossos algozes. Ao lado do grandalhão que me prendeu e de outros dois desconhecidos mau encarados, estava um policial que morava ali nas redondezas do Rio da Prata. Isso não ajudava em nada, pois eu sabia quem ele era e, muito pelo contrário, só fez aumentar o sentimento de terror que me assolava.

Era o Clair, o inspetor de polícia civil conhecido pela covardia e crueldade de sua atuação. Curioso é que esse policial facínora não tinha a aparência típica dos policiais violentos que atuavam no bairro. Era jovem, esguio, moreno claro de cabelos castanhos, estatura mediana e feições agradáveis, enquanto não dava início às atrocidades. O mais comum em policiais deste tipo era ser grande, forte, cara de mau.

Semanas antes, em frente a adega da Rua Rio da Prata, esse mesmo carro da polícia fez uma blitz junto à rapaziada que estava no bar. Esse policial era quem dirigia o camburão e comandava a ação. A viatura veio da Rua Amanajó, acelerou bruscamente, subiu a calçada e praticamente imprensou os caras na parede. Ele desceu do veículo à frente de outros policiais e já foi gritando:

— Todo mundo de mãos para o alto e de cara para a parede. Quero ver a carteira de trabalho assinada, senão vão tomar uma vadiagem.

Havia umas oito pessoas no grupo que estava sendo abordado, quase todos conhecidos moradores ali do local. Já com os outros policiais bem perto, ele ia metendo a mão nos bolsos daqueles frequentadores do bar. Retirava o que encontrava: chaves, notas miúdas, lenço e jogava tudo no chão ao lado do suspeito. Só quando encontrava documentos examinava com alguma atenção. Às vezes falava, sempre em tom elevado e ameaçador:

— De que vale essa porra dessa carteira de trabalho se não está assinada? Mostra a mão, se não tiver calo, está em cana.

Foi assim até interrogar o negro alto e magro que estava quase no final da fila, e que nervoso, dizia:

— Minha carteira não está assinada, mas eu trabalho com manutenção elétrica e hidráulica para o comércio lá da Conego de Vasconcelos.

— Encosta o rosto na parede, porra! — devolvia o policial, aparentemente sem considerar a ponderação do negro.

— Minha carteira estava assinada até 5 meses atrás, mas agora sou autônomo, olha aí.

Foi então que o policial deu um violento tapa no rosto do rapaz, e disse:

— Não olha para mim, caralho! Olha para a parede.

Surpreendentemente, o negro magrelo se afastou um pouco da parede e mandou um soco certeiro, bem no rosto do policial. Os outros tiras partiram para cima do cara, mas ao contrário do esperado ele não saiu correndo em fuga. De punho fechado, rodopiando e pulando, dava e recebia socos e pontapés. Resistiu heroicamente em uma luta de um contra três por inacreditáveis três ou quatro minutos. Depois foi agarrado e jogado na caçapa do camburão. O policial que desferiu o tapa não participou da briga que se seguiu, mas depois de imobilizarem o bravo resistente, falou em alto e bom som para que todos ouvissem:

— Esse agora vai ser meu, lá na delegacia.

Assisti todo o episódio do outro lado da rua, a uma distância segura, mas com a desconfortável companhia da Dona Isolete, vizinha de rua que apoiava com gestos e palavras aquelas atrocidades: "tem que prender não, tem é que matar esses bandidos. Esses que ficam bebendo nos botequins são os mesmos que roubam e ficam atazanando a vida da gente". Fiquei indignado com aquela senhora, mãe de várias filhas que eram amigas, eventualmente namoradas, dos que estavam sendo ofendidos e de um filho adolescente jovem que, não fosse a tragédia de um afogamento no mar, anos depois, poderia ser vítima da mesma violência policial. Restou clara a existência de um pensamento tortuoso: a violência dos agentes do estado libertaria os habitantes da violência de populares. As ilegalidades praticadas por policiais seriam, não apenas aceitas, mas ganhariam aplausos de parte da população.

O Clair ficou muito conhecido no bairro e em toda a região também por sua vinculação com a contravenção associado ao jogo do bicho e aos chamados caça-níqueis. Anos mais tarde, já aposentado da polícia civil, segundo notícias publicadas em jornais que acompanham de perto essas matérias, foi vítima da guerra entre herdeiros do tradicional líder Castor de Andrade e, enquanto dirigia seu carro, ao parar na esquina da Rua do Imperador com a Avenida Santa Cruz, foi surpreendido por dois homens numa motocicleta, sendo atingido por pelo menos 13 tiros. Os criminosos fugiram sem levar nada.

A tensão elevada ao nível máximo

FOMOS LEVADOS PARA O INTERIOR da delegacia pelo grandalhão que nos mandou caminhar em fila e quietos, mas não tocou na gente naquele momento.

A 34ª DP estava instalada numa casa grande, com as paredes externas em tons de amarelo, muito desbotado e envelhecido. Na sala que fomos levados inicialmente as paredes eram ásperas e cinzas até uma altura de aproximadamente 1,20m, e acima eram lisas em tom próximo a branco gelo, porém em toda parte muito suja. O mobiliário e os equipamentos: mesas, cadeiras, arquivos de aço, máquinas de escrever e estantes eram velhos, com defeitos aparentes. A delegacia parecia propositalmente feia.

O escrivão que estava sentado à mesa central, mostrando já ter informações sobre o caso, olhando para os policiais, disse:

— Vai ter que chamar o delegado. São duas e meia da manhã, ele deve estar em casa dormindo, mas esse problema só com ele.

Foi então que o policial conhecido da nossa localidade, motorista e coordenador da operação, chegou próximo de nós, e como de costume em tom grave e ameaçador, ordenou:

— Vocês ficam naquela sala ali. Não tem luz, não tem porra nenhuma. A porta não tem chave, mas o primeiro que tentar sair eu dou um tiro nos córneos.

O medo que sentíamos aumentava a cada minuto e beirava o desespero quando aquele policial entrava em cena. Fomos empurrados para a sala e nos sentamos no chão com as costas na parede, tão próximos uns dos outros que nossos joelhos e nossas pernas se tocavam lateralmente com a tremedeira que não conseguíamos controlar. A sala escura era, sem dúvida, uma técnica de tortura psicológica. Fazia-nos pensar que a qualquer momento entrariam policiais, com porretes para nos espancar. Desde que saímos do camburão não dissemos uma palavra e praticamente nem olhávamos uns para os outros para não parecer que estávamos tramando alguma coisa. Passados alguns minutos, que para nós pareceu uma eternidade, Noel falou em voz baixa:

— O delegado mora lá na Rua Tibagi, perto do campo dos trabalhadores, acho que não vai demorar muito não. Eu conheço um filho dele, que de vez em quando ia assistir as peladas lá, e falava para todo mundo que era filho do delgado da 34ª.

Retornamos ao longo silêncio entre nós e apenas ouvíamos vozes distantes sem conseguirmos identificar o que estava sendo falado, até que, de repente, gritos desesperados de "ai, ai" "socorro", "pelo amor de Deus", misturados com vozes que diziam: "vou te matar filho da puta!" e inconfundíveis sons de chutes, tapas e socos. Aquele massacre durou até o momento em que uma voz, que parecia ser a do escrivão que passou o nosso caso para o delgado, falou com autoridade: "para com isso, porra! Você vai acabar fazendo merda. Põe esse cara no xadrez, caralho!".

Até aquele momento o escrivão era o único policial que inspirava alguma confiança. Não para interceder a nosso favor, pois ele não mostrava um pingo de solidariedade com os detidos, mas para zelar por um mínimo de legalidade contra a violência desmedida de seus colegas.

Depois do espancamento que ouvimos, eu me perguntava o quanto aquele negro preso semanas antes sofreu na mão daqueles carrascos. A tensão e o medo alcançaram seu nível máximo. Pensei sozinho: "quando o delegado chegar vamos ser interrogados e começarão a nos bater violentamente. Depois seremos levados à uma prisão para menores infratores. Seremos condenados pelo juizado de menores a um longo período de internação. Conviveremos com jovens que já roubaram, traficaram e mataram. Não vai ser fácil".

Tudo que poderia vir a ser, não mais será

NESSE VULCÃO DE IDEIAS QUE ME ATORMENTAVA, a que mais me doía era pensar que perderia tudo o que eu poderia vir a ser ou ter: se ficasse trancafiado por dois ou três anos com as feras, o sonho de cursar uma faculdade, ser um doutor, arranjar um emprego legal, ter um carro bacana, comprar um apartamento para morar no Méier, ou naqueles prédios próximos ao Maracanã — que conheci quando algumas vezes meu irmão mais velho me levou para ver jogo do Botafogo -, tudo estaria definitivamente descartado. O máximo que podia esperar ao sair é que não me jogasse na bandidagem. Iria tentar um emprego na fábrica Bangu, ou seria servente de pedreiro do meu padrinho e depois de vários anos, um bom pedreiro. Todas as perspectivas teriam mudado em uma noite, por uma hora de fraqueza, covardia e burrice.

Interrogatório, susto, confronto e luz no fim do túnel

POR FIM CHEGOU O DELEGADO. O silêncio se transformou em burburinho. Uma voz se destacava não pelo tom, mas pela notória autoridade que emanava. Outras vozes de pessoas que parecem ter entrado na delegacia junto com o delegado falavam em tom reverencial, de súplica: "são só meninos", "nunca fizeram mal a ninguém", "eles erraram, mas se forem castigados demais aí é que vão se perder mesmo", "eles estudam, ajudam em casa". Ouvir aquelas palavras me deu um súbito alento: tem gente pedindo por nós aí. Com essas pessoas por perto ao menos não seremos espancados, pensei.

Fomos levados a uma pequena sala onde havia um homem de cabelos grisalhos, pele morena que parecia de excesso de exposição ao sol, baixo e forte, quase gordo, aparentando cerca de 50 anos. Não olhou diretamente para nós enquanto dava ordens ao policial grandão que me prendeu:

— Manda o pessoal aí do corredor esperar lá fora que depois eu falo com eles. Traz três cadeiras aqui pra eles se sentarem.

Logo as ordens foram executadas e nos sentamos: Geraldinho na cadeira à esquerda, Noel ao centro e eu à direita. O policial se postou em pé atrás de nós. O delegado, sem olhar diretamente para nós, disparou uma pergunta surpreendente:

— Quem mandou vocês fazerem essa merda?

Geraldinho tentou responder, mas gaguejou de tal forma que não se identificou uma única palavra. O delegado então levantou os olhos ligeiramente para cima na direção do policial e mexeu levemente a cabeça no sentido vertical. Instantaneamente senti um forte cachação, aplicado em mim com a mão direita, e em Geraldinho, com a esquerda. Noel, por mera casualidade, se livrou do único castigo físico que sofremos no interrogatório.

Recuperando o fôlego, expliquei ao delgado que a ideia era nossa mesma. Que inicialmente queríamos fazer apenas um Judas para malhar no Sábado de Aleluia, como acontece todos os anos; que só íamos escrever uma mensagem em papelão, que era a crítica à manicure; que a tinta no asfalto foi uma ideia infeliz, por que não se conseguia ler direito o cartaz; que não tínhamos nada pessoal contra aquelas pessoas que tiveram seus nomes pintados.

Nesse ponto, o delgado interrompeu e perguntou:

— Quem falou sobre o uso e tráfico de entorpecentes?

O pouco de calma que havia ganho com as explicações, aparentemente aceitas pelo nosso interlocutor, desapareceu. Ficou evidente: a mulher do sargento e a menina namoradeira não tinham muita importância para o delegado. O problema; o enorme problema, era que a nossa frase infantil "Osvaldão drogadão, pare de roubar bolinha do hospital" virou um solene "uso e tráfico de entorpecentes".

Ficamos em silencio por alguns instantes enquanto o delegado agora olhava fria e demoradamente para os olhos de cada um de nós. Ele então refez a pergunta:

— Quem falou sobre entorpecentes, foi um de vocês, foi o crioulo ou foi o paraibinha?

O delegado sabia quase tudo sobre o que havia ocorrido, mas não sabia quem denunciara o motorista de ambulância. Pressenti que Noel não iria falar pois estava "no ar" que o responsável direto por aquela denúncia sofreria as maiores consequências.

Não havia saída, tínhamos que responder. Então respirei fundo e disse:

— Doutor, nós só sabíamos que o Seu Osvaldo era motorista de ambulância. Ele passa lá perto da nossa casa muitas vezes. Conhecemos os dois filhos dele. O negócio da bolinha é porque no carnaval a gente houve falar que essas coisas não são vendidas nas bocas-de-fumo. Elas são furtadas das farmácias, dos hospitais.

— Então foi você que criou essa história? — perguntou o delegado.

— Não doutor! Pelo amor de Deus! Quando estávamos escrevendo o negócio da menina eu comentei que as pessoas iriam achar que aquilo era coisa de gente que estava com bolinha na cuca. Aí Noel falou que não iam desconfiar de nós, porque essas coisas só são conseguidas em farmácias e hospitais. Daí lembrou do Seu Osvaldo da ambulância. O outro colega então misturou tudo e saiu aquilo que o senhor Sabe.

O delegado não estava satisfeito, mas parecia ter engolido que a nossa pichação envolvendo droga não era uma denúncia formal, fundamentada. Levantou-se e falou para o policial:

— Chama lá fora aquele cara da ocorrência das facadas: aquele que estava conversando comigo quando eu entrei.

Em poucos instantes a pequena sala estava cheia: Chegaram os outros policiais que atuaram naquela diligência, inclusive o nosso terrível conhecido; o Lucinho, um jovem PM craque de futebol conhecido em todo bairro e amigo do meu irmão mais velho, e o Nilson, também amigo dos meus irmãos, também craque de bola, e o que eu não sabia: vítima recente de um esfaqueamento.

Nilson entrou falando em tom de súplica:

— Então doutor, vamos perdoar os garotos? Eles já tomaram um susto enorme. Isso nunca mais vai se repetir.

Antes que o delegado se manifestasse, nosso perseguidor-mor, o policial que morava nos arredores da nossa localidade, interveio:

— Como perdoar? Esses pestinhas estavam pichando a rua com xingamento a mulheres e moças de família. Fazendo falsas denúncias de uso e venda de drogas. Isso é terrorismo! Isso está na Lei de Segurança Nacional.

Gelei de novo. Meus Deus! Um grupo de garotos pouco instruídos, das entranhas de Bangu, estava sendo acusado de terrorista. Uma ameaça à segurança nacional. A política nunca havia frequentado nossa roda de adolescentes ávidos por pipa, futebol, bailes e meninas.

No colégio, é verdade, ouvia de alunos de séries superiores e de professores críticas pesadas à Ditadura Militar que havia sido implantada no país alguns anos antes. Dentre as críticas mais frequentes estava a censura aos meios de comunicação e o uso da tortura contra os opositores do regime, por meio do aparato repressivo que estava ancorado na Lei de Segurança Nacional.

Estes pensamentos passaram como um raio na minha cabeça, pois o Lucinho interveio:

— Que isso! Esses garotos não sabem nada de política. Conheço eles, vivem de brincadeira lá no Rio da Prata. Aquele magro ali é irmão do Tivinho e do Lula, meus companheiros de corporação e do Adilson, sargento paraquedista. O de cabelo carapinha é o Noel, a única diabrura que faz é quando parte com a bola nos pés pra cima dos zagueiros. O outro também, não é capaz de matar nem uma barata.

Logo após, Nilson engrenou o que parece ter sido a fala decisiva para o desfecho do nosso caso:

— Doutor, eu praticamente vi esses garotos nascerem. Não são viciados, bandidos, muito menos terroristas. Eu só peço ao senhor que perdoe os garotos como o senhor perdoou o cara que fez isso aqui, falou levantando a camisa e mostrando uma enorme cicatriz na barriga.

Breve silêncio e o delegado sentencia:

— Fizeram a sujeira, agora vão ter que limpar. — e acrescentou — Quero esses moleques passando pano em cada letra que eles escreveram até não aparecer nem sombra de tinta. Depois vão na casa de cada ofendido pedir desculpa. E quero o crioulo e o paraibinha nisso também, senão depois eu mando buscá-los.

Senti um alívio tão grande que sequer prestei atenção nas orientações complementares que o delegado deu ao policial grandão. Fomos levados ao camburão, mas agora nos puseram sentados no banco traseiro. Na passagem senti a mão do Nilson alisar suavemente o meu ombro e um tapinha na cabeça, do Lucinho. Agradeci aos dois com os olhos marejados de lágrimas.

Limpando o asfalto, o corpo, a alma e a memória

JÁ COM O DIA RAIANDO, fomos deixados em frente à Igreja Batista onde tudo começou. O policial em tom de severa advertência falou:

— Daqui a duas horas passo por aqui de novo. Senão estiver tudo limpo vocês vão arranjar uma encrenca dos diabos.

— Vamos resolver isso logo — disse Noel.

— Vou lá em casa pegar um balde de água e pano de chão pra gente limpar — falei.

— Vamos lá em casa pegar também — disse Geraldinho olhando para o Noel.

No caminho de pouco mais de vinte metros até a minha casa, vi vários vizinhos nos portões e nas calçadas. As pessoas mostravam semblantes e olhares que deixavam claro que a história daquela noite já era de conhecimento público, embora fosse ainda pouco mais de cinco horas da manhã, e o dia sequer havia clareado totalmente.

Chegando no portão vi minha mãe sentada na mureta da varandinha na frente da porta de entrada de casa. Ao me ver ela se aproximou e disse apenas:

— Meu filho!

— Desculpa mãe! — falei, com profunda tristeza.

Fui direto na área nos fundos da casa, peguei um balde velho, um pano de chão e uma garrafa de querosene e voltei para a rua.

Ao sair encontrei o Doda me esperando. Contei-lhe muito resumidamente o que aconteceu e ele de pronto pegou o balde da minha mão e me acompanhou ao local da nossa primeira pichação. Logo estávamos todos juntos esfregando o asfalto, inclusive o Toninho, o que fez a tinta desaparecer do asfalto rapidamente. A seguir fomos para a Rua Urucum. Nos dividimos em dois grupos e fiquei na equipe que apagou a pichação da menina. Pouco mais de meia hora e em todos os lugares onde havíamos escrito alguma coisa só havia uma leve nuvem de tinta branca, sem qualquer possibilidade de identificar o que antes ali havia sido escrito. A segunda parte da ordem do delegado, de ir à casa de cada ofendido pedir desculpas, ficaria para um outro momento

Voltamos pelo mesmo caminho. Entrei em casa, deixei o balde, a garrafa com o resto de querosene e os panos-de--chão e fui direto para o banheiro. Tomei um longo banho, passando a bucha ensaboada em todo corpo, como se pudesse retirar da pele e da alma toda a nódoa adquirida naquela noite. Fui para o quarto da minha mãe onde normalmente dormia, dobrei a colcha e a estendi ao lado da cama, peguei o travesseiro no guarda-roupa e me deitei. Desejava dormir por uma semana ou, se isso fosse possível, acordar horas depois e perceber que tudo não passou de um pesadelo. Mas não, era realidade.

O fim de uma história ou o começo de outra?

EM 31 DE MAIO DAQUELE ANO, pouco mais de dois meses depois da fatídica noite, começou a Copa do Mundo de 1970. A cada vitória do Brasil aumentava a empolgação das pessoas e a esperança de que seríamos mais uma vez campeões mundiais de futebol. Em 21 de junto a grande consagração da seleção canarinho. Aquele grupo enorme de pessoas que assistiu ao jogo do quintal da minha casa olhando para a televisão colocada na mureta da varandinha explodiu de alegria no apito final, quando aplicamos o acachapante placar de 4x1 nos italianos.

Foi uma festa impressionante. Minutos após o encerramento da partida uma multidão saiu às ruas. Carros buzinavam sem parar. As pessoas pulavam e socavam o ar como se tivessem, elas mesmas, feito um gol decisivo. Brasil! É campeão! Muita gente se abraçava e se sacudiam juntos em comemoração. Um carnaval fora de época explodiu em cada quadra daquele recanto de Bangu, e certamente em todo o bairro, em muitos bairros, cidades e estados brasileiros.

Para mim foi o primeiro dia verdadeiramente alegre depois dos lamentáveis acontecimentos do Sábado de Aleluia. Fui até minha mãe, que se deslocava entre o quintal e a sala recolhendo os pratos, copos e talheres que foram usados para comer os sanduiches, pasteis e salgadinhos e para beber as cervejas e refrigerantes que foram preparados para acompanhar a partida, e disse a ela que iria sair, para ver como estavam as comemorações nas outras ruas.

Minha mãe então pegou no meu braço, me puxou para o canto lateral da varanda, agora vazio e silencioso e disse:

— Filho, Tivinho, seu irmão mais velho, se separou da mulher e está morando sozinho, você sabe né. Nós resolvemos que vamos nos mudar para o apartamento dele lá na Gloria. Comece a procurar uma escola para você estudar lá perto. No mês que vem, no máximo em agosto, faremos a mudança.

Fiquei confuso com o que minha mãe acabava de me dizer sobre mudança de residência. Era algo completamente inesperado para mim. Não sei dizer se fiquei triste ou alegre, frustrado ou esperançoso. Bangu era o meu chão. Quase toda a família morava no bairro. Ali estava a minha casa simples, mas com aquele quintal comprido onde eu arrancava cajá, subia na tamarineira e chupava aquela fruta azedinha saborosa ou pegava para fazer refresco. Ali estava o pé de ingá, o de manga, a amendoeira que não dava boas frutas, mas a melhor sombra que se pode ter.

Meus colegas, meus primos e sobrinhos. Minha escola e meus campos de futebol. Minhas ruas com as suas pipas avoadas. Minhas calçadas repletas de bola de gude e de pião rodando. As meninas que paquerei e eventualmente namorei e as que sonhava namorar. Tudo estava ali.

Mas ali também estavam todos os riscos. Ali estavam as fortes limitações, as barreiras quase intransponíveis. Ali estava a polícia que dava tapa na cara de trabalhador que não tivesse com carteira assinada ou com calo nas mãos, que dava cachação em adolescentes detidos, que espancava presos. A polícia que investigava, prendia e julgava sem qualquer limite formal, mas apenas segundo o pensamento e o humor de sua baixa hierarquia.

Talvez ali fosse a terra dos meus pais, e dos pais dos meus colegas, que migraram de cidades do interior ou de outros estados. Que saíram da roça, da atividade agrícola e pecuária, e foram trabalhar nas fábricas de tecido, de armamento ou em outras atividades que exigiam pouca instrução e muita disposição. De certa forma saíram do feudalismo para o capitalismo fabril de primeira fase. Foi uma evolução. Pelo menos agora tinham sua terra própria: um terreno de nove metros de frente e fundos por quarenta metros de ambos os lados, onde construíram suas casas (que não eram grandes) e substituíram suas lavouras por pequenos pomares e jardins.

Mas esse não era o meu projeto, o projeto de meninos e meninas adolescentes suburbanos dos anos 1960. O mundo estava mudando rapidamente e podíamos ver isso na televisão, ouvir no rádio ou ler nos jornais. Mesmo com os reveses na política e a crônica e extrema desigualdade, havia uma luz no fim do túnel. Não chamaria de uma janela de oportunidades, mas de funil, por onde poderiam passar uns poucos dos muitos que éramos.

E eu estava certo de que os que passariam pelo funil seriam, basicamente, de dois grupos: os que abraçassem uma atividade profissional no comércio ou na prestação de serviços e empreendessem — com talento, perseverança e sorte se consolidariam nos negócios e poderiam construir uma vida minimamente confortável; e os que, embora também fossem enfrentar difíceis obstáculos, me parecia mais viável, dos que tocariam os estudos com afinco e determinação, chegariam à universidade, se formariam doutores, se empregariam em grandes e prósperas empresas, ou se estabeleceriam como profissionais liberais qualificados, conhecidos e bem remunerados.

Então mudar de Bangu, antes de ser uma imposição dos membros adultos da família sobre o adolescente prestes a completar quinze anos, era um desafio. Recomeçaria muita coisa: nova escola e novos colegas de turma, novo endereço e novos amigos da vizinhança, novos campos de futebol, novas meninas a paquerar. Na minha cabeça contabilizava muitas perdas, mas também muitas possibilidades.

SOBRE O AUTOR

EU, JUBDERVAN VIANA DA COSTA, chamado de Jub na família e de Viana no trabalho e na rua (nos botecos), nasci em 10 de julho de 1955, em casa, com o auxílio da experiente parteira Dona Carminha, amiga e vizinha da família lá em Bangu. Sou o caçula de uma turma de onze filhos nascidos e oito criados, pois três irmãzinhas foram levadas para o céu ainda bebês ou logo nos primeiros anos após o nascimento.

Fui crescendo sob a enorme dificuldade vivenciada por meus pais para criar tantos filhos com tão poucos recursos. Meu pai, operário da Fábrica do Realengo. Minha mãe, dona de casa que, para ajudar a sustentar a família, auferia parcos complementos lavando roupa para fora.

Contudo, com imensa satisfação, fui crescendo com os pés descalços em terreno com pés de ingá, cajá e fruta-do-conde; tamarineira, mangueira e outras árvores frutíferas ou não, com destaque para a frondosa amendoeira na frente da casa, cujo fruto era ruim, mas a sombra, maravilhosa.

Fui crescendo jogando bola descalço no asfalto quente da rua, nos terrenos baldios e, depois, nos campos, nos muitos campos de futebol que, naquela época, havia. Fui crescendo soltando pipa, brincando de pique, jogando bafo ou bola de gude e rodando pião. Fui crescendo com muitos amigos da mesma rua, do mesmo time de peladas, das mesmas caminhadas até o cano furado para tomar banho, das mesmas brincadeiras. Mas houve também desavenças, muitas das vezes resolvida no braço, como previa o código de honra dos meninos de subúrbio daquela época; regras não escritas, mas de pleno conhecimento da garotada.

Fui crescendo caçando rãs no terreno baldio alagadiço na esquina da minha casa, cujo aprendizado levou muito tempo até conseguir caminhar suavemente pela área encharcada e numa mãozada certeira agarrar pelo tronco a nossa presa. As tarefas de limpar, cortar e preparar o saboroso alimento eu não consegui aprender, ficando para os parceiros as funções gourmet.

Fui crescendo orgulhoso do uniforme de escola pública que usei pela primeira vez ao ir para a Waldir Azevedo Franco, aprender a ler, escrever e contar. Em seguida vesti os uniformes da Escola O'Higgins, do Ginásio Thomé de Souza e, por fim, do Colégio Daltro Santos. Meu Deus! Como eu gostei desses lugares. A vida ainda me presentearia com vários anos de escola, mas pasmem, senti falta do uniforme.

Fui crescendo frequentando festas de aniversário de quinze anos, de noivado e de casamento, muitas das vezes como penetra e, especialmente, as festas americanas que meus irmãos mais velhos organizavam lá em casa. Sensacionais! Fui crescendo também nos bailes do The Fevers, Renato e seus Blue Capes, Lafayete, Som 7 e outros conjuntos musicais que se apresentavam no Casino e no Bangu Atlético Clube.

E o carnaval naquela época? Frequentei desde quando era levado com o coração saltitante de tanta alegria, pelas mãos da minha mãe, ao longo da Avenida Cônego Vasconcelos até próximo do coreto; ou quando já seguia com imensa felicidade, suando em bicas, com a turma de meninos fantasiados de bate-bola; ou quando já vestia o preto e amarelo da Turma do Grilo, logo depois rebatizado de Grêmio Recreativo Bloco Carnavalesco Grilo de Bangu. Garanto: nada, absolutamente nada, compara-se em prazer e alegria ao reinado do Momo daquele tempo e lugar.

Fui crescendo para amar as meninas, paquerá-las, namorá-las. É certo que os amores, por vezes, foram platônicos; as paqueras, nem sempre bem-sucedidas; e alguns pretendidos namoros simplesmente não aconteceram. Entretanto, os que aconteceram foram intensos, *muy calientes*, eternos enquanto duraram. Hoje tenho a clareza cristalina do quanto amei aqueles encontros e até os não encontros da adolescência.

No entanto, quando percebi, havia crescido. Fui levado e me levei para outros lugares, tempos e experiências. Joguei os jogos da vida e tive vitórias, empates e derrotas. Ganhei alguns campeonatos, mas, algumas vezes, fui rebaixado para a segunda divisão. Estou plenamente satisfeito com o balanço que faço e o que me traz essa serena alegria, mesclada com uma dose de nostalgia — essa sensação está bem representada pelo seguinte trecho do poema "A saudade da pátria e da infância", do poeta romântico Casimiro de Abreu: "Oh! que saudades que tenho/ Da aurora da minha vida, / Da minha infância querida/ Que os anos não trazem mais!".

CONTATO DO AUTOR:
jubdervanv@gmail.com

1ª edição	abril 2022
impressão	meta
papel miolo	pólen soft 80g/m²
papel capa	cartão triplex 300g/m²
tipografia	tiempos e franklin gothic

